那时，世界属于我们

WHEN THE WORLD WAS OURS

[英] 利兹·凯斯勒 —— 著

吴华 —— 译

中信出版集团 | 北京

图书在版编目（CIP）数据

那时，世界属于我们 /（英）利兹·凯斯勒著；吴华译 . -- 北京：中信出版社，2023.9
书名原文：When the World Was Ours
ISBN 978-7-5217-5722-4

Ⅰ . ①那… Ⅱ . ①利… ②吴… Ⅲ . ①长篇小说－英国－现代 Ⅳ . ① I561.45

中国国家版本馆 CIP 数据核字（2023）第 110408 号

那时，世界属于我们

著　　者：[英] 利兹·凯斯勒
译　　者：吴华
出版发行：中信出版集团股份有限公司
（北京市朝阳区东三环北路27号嘉铭中心　邮编　100020）
承 印 者：嘉业印刷（天津）有限公司

开　　本：880mm × 1230mm　1/32　　印　　张：9.75　　字　　数：195千字
版　　次：2023年9月第1版　　印　　次：2023年9月第1次印刷
京权图字：01－2023－2035
书　　号：ISBN 978－7－5217－5722－4
定　　价：39.80元

感谢我的爸爸哈利·凯斯勒。
他是我人生的明灯与灵感的来源。

还有琼斯夫妇（斯图尔特夫妇的原型）。
他们以超凡的慷慨挽救了我家人的生命，
让我得以在此讲述这个故事。

我亲爱的祖父母、爸爸、妈妈，
这个故事同样属于你们。

作者的话

1939年，我的父亲八岁。那一年，他跟随我的祖父母弗兰克和安妮逃离了纳粹占领下的捷克斯洛伐克。作为犹太家庭，他们的选择非常有限——几乎没有。仅有的一线希望源自一对英国夫妇的来信。他们和这对夫妇是五年前认识的，当时，我的父亲差点儿弄坏那位太太的裙子，而我的祖父让他当心点儿。偶然的相遇引出了寒暄和一天的相处，以及后来救他们一命的致谢信。

这个故事影响了我的一生，是我人生路上的明灯。灵感长久蕴藏于胸，我一直想把它写下来。“利奥”的叙述主要以我父亲的遭遇为灵感，但祖辈的其他经历也影响了这部小说的方方面面。我的伯祖母埃尔莎在奥斯威辛殒命，曾祖母奥玛在特莱西恩施塔特熬过了四年时光。

我曾无数次地想象，如果我的家人没有这种巨大的幸运，会面临什么，这些想象构成了“埃尔莎”的故事。而在我探究普通人何以成为那残暴、邪恶、可怕的政权的一部分时，“麦克斯”的故事便有了雏形。

这本书不只是我用来纪念过去、祖辈和家族历史的，也是我为今天发出的声音。我希望以此推动关于社会正义的讨论，帮助年轻的读者在决定自己在未来世界中所扮演的角色时，做出明智的选择。

利兹·凯斯勒

1936年

利奥

我看到了整个世界！或者，至少是整个维也纳——维也纳就是我的世界！

我的两个好朋友站在我身旁，脸贴着玻璃窗，向外眺望。

“看呀！看那些小人儿！”麦克斯指着下面，而我们越升越高，靠近了天空。

“看那些大楼，像玩具城似的！”站在我另一边的埃尔莎说道。

我连话都说不出来了。我怕一张开嘴巴，心底的快乐就会溜出去。我可舍不得丢掉一丝一毫！

今天是我九岁的生日，也是我一生中最美好的一天。

上个星期，爸爸妈妈问我想怎么过生日，我毫不犹豫地就答出来了：我想乘坐维也纳摩天轮。我从出生起就没离开过维也纳，可著名的维也纳摩天轮，我却一次都没坐过。每当我央求妈妈，她总是说，担心我年纪太小，会怕高。可我一点儿都不怕呀。我猜，其实是妈妈自己害怕吧，所以她今天才不肯跟我们一起来。

“到时候让爸爸带你们去游乐场，”她说，“我就在家准备生日大餐。你想吃什么样的蛋糕呢？”

“萨赫蛋糕！”我脱口而出。整个维也纳，数我妈妈做的萨赫蛋糕最好吃。她有个秘方，是我的奶奶传下来的。

每过一天我便在厨房的日历上画掉一天。日子过得简直比花园深处的蜗牛爬得还要慢。

但这一天终归还是到了，而且比我想象中的更美妙。10月的天气已经有点儿冷了，但阳光灿烂，晴空之下能望见几公里之外的地方。

座舱越升越高，我们很快就要置身于云彩之间了！

麦克斯把脑门儿抵在窗户上。“我觉得自己就像维也纳之王。”他喃喃自语，在玻璃上呵出一团雾气。

我理解他的意思。高高地俯瞰着城市，我也觉得自己所向披靡、万夫莫敌。维也纳属于我们三个。整座城市的存在都是因为埃尔莎、麦克斯和我。座舱里的其他人仿佛消失了，融入了背景之中。就连爸爸也是。他竟然坐在那儿，皱着眉头看报纸，与世界上最动人的一幕失之交臂！

可我们才不在乎呢。大人们越是心不在焉，我们就越是自由自在。我们的维也纳、摩天轮的座舱、三个人的友谊，我们只要这些就足够了。

我们三个一向如此。从两年前上学的第一天起，我们就成了最好的朋友。当时，我们就像现在这样排排坐，埃尔莎坐中间，麦克斯和我坐两边。我还记得大家那时候的模样：我的领带太紧，勒得我喘不过气来；埃尔莎扎着辫子，系着粉红色的缎带，就连铅笔盒上也镶着亮晶晶的珠子；麦克斯的裤子有点儿短，衬衫又有点儿大。

开学第一天的早上，我们互相看看，露出微笑，仿佛立刻就知道我们是一起的。男生们拉扯我的领带，笑话麦克斯露着半截脚踝，女生们则嘲笑埃尔莎的缎带太过华丽。这些全都不重要，因为我们拥有彼此。

“如果你像国王，那我就像王后。”埃尔莎说。

“那我呢？”我问，“今天可是我的生日呀！”

“我们可以有两个国王！”埃尔莎说。她就是这么可爱，对谁都不偏不倚。

“如果你是王后，那就得嫁给我们俩当中的一个啰！”麦克斯说，“你想选谁？”他说话的时候意味深长地看着埃尔莎。那样的神情偶尔就会在他俩之间出现，而我总是假装没看见。他俩好似共同保守着一个秘密，共同信守着一个承诺，把我排除在外了。我告诉自己这都是瞎想，他们绝不会把我挤开的，任什么东西都无法把我们三个分开。

埃尔莎咯咯笑了起来。“我才不选呢！”她说，“我两个人一起嫁！”

对我来说，这已经足够了。

麦克斯抱着胳膊，眯起眼睛，假装思考了一番。“好吧，这个计划真不错。”他点点头，同意了。

“嘿，孩子们，”爸爸合上报纸，把手放在耳边，“你们听见了吗？”

我们紧张兮兮地听了又听，可是除了其他游客窸窸窣窣的说话声，没什么特别的啊。“要听什么呀？”我问。

爸爸笑了。“没什么！这是座舱不动时能听到的声音。”

确实。我们来到了世界的最高点，巨大的摩天轮停住了。有那么一瞬间，我以为我们会永远停留在这里。真能如此就好了。

这时，我想起妈妈和萨赫蛋糕还在家里等着我们呢。那“永远”可别太长啊。

爸爸从夹克口袋里掏出了相机。他几乎去哪儿都带着相机。爸爸是维也纳最优秀的家庭摄影师，反正他的店面橱窗上是这么写的。

“快来，趁着站在世界之巅，给你们拍张合影吧，怎么样？”他说。

我们三个挤在一起，站在窗前。

爸爸放下相机，皱起眉头。“这儿不行，”他说，“太阳就在你们背后，只能拍到影子。过来，”他朝着座舱最靠外的舱门摆摆手，“站到那儿去，让光在前面才行。”

我们挪到舱门边，费劲地往一块儿挤。

爸爸透过相机镜头看着我们。“对，就这样，完美。”他说，“照片必须拍得恰到好处。你们知道这是为什么吗？”

“因为一张照片胜过千言万语。”我假装打了个哈欠。爸爸每次拍照片时都要说这句话。

他大笑起来。“答对了！相信我，这张照片里有千言万语，而且每一句都是快乐的！”他说，“记好了，摆什么姿势都行，但千万别笑！”

麦克斯皱着眉头问：“人们拍照不是都要笑吗？”

“我拍照可不这样，”爸爸故作严肃地说，“我不允许。”

埃尔莎忍不住咯咯笑了起来。

“哎呀！别再笑啦！”爸爸说。

埃尔莎笑个不停。我也觉得自己脸颊发颤，绷不住了。

“我说啦，不准笑！”爸爸又说。这下，不仅我们三个，座舱里的其他人也都笑了。

咔嚓，咔嚓，咔嚓，快门连连按下。

“漂亮！美妙！棒极啦！”爸爸一边拍照一边赞美，像对待顾客似的跟我们好言好语。拍完之后，他放下相机说：“我会挑一张最好的，给你们每个人都冲洗一份，这样就能永远留住今天了。怎么样？”

“太好啦，爸爸。”我说，“谢谢你！”

“好了，”他把相机装回夹克口袋，“我刚才可看见有人笑了啊，还不止一个。知道我要怎么惩罚你们吗？”

埃尔莎摇摇头，麦克斯咬着嘴唇，而我，早就知道要挨什么罚，已经开溜了。

“我要挠你们的痒痒！”爸爸大声宣布。

他朝着我们伸出手来，我们则尖叫着躲避他的“魔爪”。就在这时，摩天轮重新启动，座舱猛地一晃，我踢到了一位女士的脚，往前一扑。幸亏她旁边的那位男士扶住了我，不然，我就要一个马趴摔到他腿上了。

爸爸立刻护在我身边。“真对不起。”他对那对夫妇说道，然后低头看着我，“利奥，快跟这位女士道歉。”

我清清喉咙，把衬衫塞回背带底下——刚才那一扑，衣服都蹭得皱巴巴了。“对不起。”我直视着那位女士的眼睛说道。有那么一瞬间，她紧盯着我，像要开口责备似的。不过她随后就转过头，跟身边的男士说了几句外语。我只会说德语，所以听不懂她在说什么。

那位男士也用外语回应她。她点点头，然后重新看向我。

她摆摆双手，开口了，这次用的是蹩脚的德语：“没关系。没有事。不介意。”我听得迷迷糊糊，但她的言辞伴着明朗的笑容，这让我大大地松了一口气。“我们是英国人，”她解释道，“德语说得不好。”

“您说得很好。”爸爸答道。然后他转向我，提醒道：“多亏这位先生刚才扶住了你，你该对人家说什么？”

“真抱歉，”我对那位男士说，“谢谢您。”

他一听就笑开了，还挥挥手，好像根本不需要我道歉似的。这时，那位女士向爸爸问道：“这是您的儿子？”

“是的，是的，这是我的儿子，”爸爸说，“今天是他的九岁生日。”他指了指摩天轮，又说，“这是生日礼物！”

“啊！”女士扭头看着我。

“生日快乐！”男士又笑了。

“真是个漂亮的男孩！”女士说着，指了指我的头发。

漂亮？谁会用这个词来形容男孩啊！也许是因为我的金色卷

发确实有点儿好看吧。

“我能去玩了吗？”我问。

“去吧，不过要当心，可别再撞到别人了。”

哼，要不是他追着我们挠痒痒，我怎么会闹出这种尴尬的事呢。不过我没说出口。我看见麦克斯和埃尔莎又凑到一块儿了，我想赶快去找他们。这美好的时光我一分钟都不想错过。

“在我们这儿坐会儿吧，请吧。”我走开的时候，那位女士邀请爸爸。

“好啊。”爸爸欣然应允，主动跟对方握手。“我是弗兰克·格伦伯格。”他说。

“我是艾琳·斯图尔特。”女士说，然后又介绍道，“这是埃里克·斯图尔特，我的丈夫。”

“很高兴认识您。”那位男士也跟爸爸握了手。

爸爸在他们旁边坐下，不等我回到埃尔莎和麦克斯那儿，就已经打开了话匣子。

他就是这样，跟任何人都能聊得很愉快，哪怕语言不通也没问题。大家都喜欢他，看见他就笑眯眯的。人人都想跟爸爸交朋友。有时候我希望能像他一样，不过大多数时候，我觉得自己也不赖。我已经有两个最好的朋友了，不需要再增加了。我们三个在一起，就已经足够了。

摩天轮放慢了速度，座舱里的游客鱼贯而出。可爸爸仍然跟那对英国夫妇聊得火热，谁也没注意到，我们已经回到了地面。

“先生，您还要再坐一圈吗？”门口的售票员问。

爸爸抬起头，眼睛里闪闪发光——他每次想到好主意就会这样。“这个嘛，”他说，“对！我们要再坐一圈！怎么样啊，孩子们？”

我们大声欢呼起来，爸爸笑着捂住了耳朵。然后，他转向那对夫妇，发出邀请。“咱们再坐一圈，”他一扬胳膊，比画了一个大大的圆圈，“我请客，算是赔礼道歉。”

那位男士连连摇头。“不不不，”他说，“不需要。”

“是不需要，”爸爸说道，“但是我愿意呀！”

他们呵呵笑着，耸耸肩膀，同意和我们一起再坐一圈。爸爸走到门口，递过几张纸钞。售票员欣然收下，让新一批游客进入座舱，然后关好门，送我们重返蓝天。

埃尔莎、麦克斯和我连忙跑回窗前，等待着再次升到这座城市的上空，不愿错过一分一秒。

爸爸就是有这样的本事。他能创造最美好的一天，然后让美好翻倍。

埃尔莎

我长大以后，要成为斯图尔特太太那样的女性。

当然，我不会冠上“斯图尔特”这个姓，因为我不会嫁给斯图尔特先生。我会嫁给麦克斯或者利奥，所以将来，我就会是“费舍尔太太”或者“格伦伯格太太”。不过，我一定要像斯图尔特太太那样光彩照人，像她一样微笑，像她一样亲昵地拍拍丈夫的胳膊。

麦克斯和利奥用手指戳着窗户。“看呀，那是我家那条街！”麦克斯大声说，“肯定是！街角有座粉色的房子，没错！”

“那儿是市政厅！还有公园！”利奥说道。

因为我们已经坐过一圈了，景色还是一样，所以我呀，更愿意仔细看看斯图尔特太太。

她的年纪可能跟我的妈妈差不多，但她们完全是两个世界的人。斯图尔特太太穿着一条红色的连衣裙，好像是为了和我们所乘坐的座舱颜色相称而特地选的。我敢打赌，她肯定有好多裙子，不同场合穿的都不一样。她还戴着一顶红色的贝雷帽，肩上围着棕色的披肩。披肩毛茸茸的，一开始我还以为是活的小动物呢！

在此之前，我一直认为，最有魅力的女性是利奥的妈妈。她的头发总是梳得整整齐齐，每一绺卷发都恰到好处。她根据场合挑选口红，笑意盈盈的嘴唇涂得精巧无瑕。亮丽的眼影衬得她眼波流转，顾盼生辉。每回去利奥家做客，我都会左右为难，又想跟男孩们一起玩，又想静静坐着，细瞧女主人。

有时候，我会把她当作电影明星，想象着她注意到我，说我有朝一日也能成名。有时候，我则化身为时装设计师，希望自己的创意能打动她这个时尚风向标，我们一起登台亮相，穿得漂漂亮亮的，还戴着艳丽的帽子。

但在现实中，格伦伯格太太通常只是冲我眨眨眼，笑着捏捏我的脸颊，让我只管跟男孩们去玩。

然而，斯图尔特太太身上有一种特别的东西。是更亮丽的衣饰？是更轻松的笑声？不知道到底是什么，反正我盯着她，完全挪不开眼睛。

她和我的妈妈太不一样了。妈妈现在好像只穿灰色的衣服——至少，闭上眼睛这么一想，就是灰扑扑的。灰色，或者黑色。色彩鲜艳的，她一概不穿。她以前不是这样的。虽然和斯图尔特太太、格伦伯格太太不同，但以前的她至少和座舱里其他普普通通的女性差不多，穿着套装，戴着帽子，脚踩考究的鞋子。可是现在呢，她只穿灰色和黑色。就连眼神也暗暗的，正衬着她的那些衣服。

昨天，我无意间听到她和爸爸在厨房里争吵。我躲在楼梯口，蹲在栏杆后面，这样他们就不会发现我。

“你这样子像在服丧。”爸爸说。

“或许真的是吧。”妈妈说。

“为谁服丧呢？”爸爸问。

这之后他们沉默了好半天，我伸长耳朵听了又听，才终于听到妈妈说：“为我们所有人。”

我不明白这是什么意思，他们也没再说什么。过了一会儿，我走下楼梯，看见妈妈和爸爸正坐在桌边。爸爸的手放在妈妈的手上。妈妈看到我进来有些尴尬，然后就飞快地站起来，走到水池那儿去了。她从我身边经过的时候，我看见她的眼睛里有泪花。我跟着她来到水池边，搂着她的腰问：“你怎么了，妈妈？”

妈妈握着我的手，攥得紧紧的，我都有点儿疼了。但我什么也没说。她转过身，擦擦眼睛，然后摸了摸我的头发。“我没事，亲爱的，”她说，“快去叫你哥哥，吃饭了。”

她的意思是什么都别问。最近，家里的气氛一直如此。爸爸妈妈总是悄悄地谈话，偶尔听见几句，我也闹不明白。而且，很明显，他们不愿意告诉我和奥托。奥托是我的哥哥，比我大两岁。除了麦克斯和利奥，他是我最喜欢的男孩。

奥托不像我这样老是问东问西，他的兴趣是搜罗坏掉的器具，然后把它们修好。给他两块木板、一把锤子、一盒钉子，他就高兴极了。我觉得这一定是从爸爸那儿学的。爸爸是建筑承包商，修修补补正是他的工作。不过，奥托修理东西，只要动手开干，东西就只有坏得更彻底！

我有时候会想，奥托这么喜欢修理东西，是不是因为他五岁时从树上掉下来，腿就再也没有“修好”？他的骨头断了三处，整个夏天都打着石膏。痊愈之后，他走路就一直有点儿跛。

他这些心思藏得很深，偶尔才会流露出一点点。“要是我的腿也能像这个架子似的，修得稳稳当当、漂漂亮亮，该多好哇！”可他说这话并不是抱怨，而是在暗示我们，赶快赞美他的作品！

他肯定也发现了家里的变化。我知道。即使他沉默不语，我也能感觉得到。

本来不是这样的。这变化究竟是什么时候出现的，我说不上来。但妈妈确实已经很久没笑过了。

斯图尔特太太就不是这样。

斯图尔特太太一直笑眯眯的。她笑着听格伦伯格先生说话，她笑着望向自己的丈夫，她连讲话时也笑个不停。我暗暗琢磨着，要对着镜子练习，一边说话一边笑，这肯定是个特别厉害的本事。

要是有谁讲了特别好笑的话，斯图尔特太太就会仰着头，开怀大笑。笑声好像会传染，能传遍整个座舱，惹得所有人都跟着她一起笑。

这让我突然想起了一件事。

在厨房里，碗碟还摆在桌上，爸爸搂着妈妈的腰。不知什么地方响着音乐。应该是华尔兹，我想。那时候，爷爷奶奶还在世呢。我记得爷爷用脚打着拍子，奶奶随着音乐微微点头。爸爸扬起胳膊，带着妈妈转了好几个圈，然后又把她揽回怀里。

音乐停了，爸爸绅士地鞠了一躬。妈妈大笑着，走回桌边去收拾碗碟。

想到这一幕我就心里难受。如今已经遥不可及了。

今天晚上，我要问问妈妈还记不记得这件事，看看她会不会因为想起这一幕而微笑。我要问问她，还会不会和爸爸一起在厨房里跳舞。我要告诉她，她那时候笑起来的样子特别好看。或许我说了这些话，她以后就会多笑笑了。

我想得出神，眼睛直勾勾的。斯图尔特太太发现我在看她，于是咧开嘴巴，又笑了。这个笑容是专属于我的。我羞得脸上火辣辣的，连忙转过身，去找男孩们玩。

“我们要永永远远地记住这一天，”我分别向他俩伸出小指，“我们成为维也纳之王、维也纳之后的这一天。拉钩许诺，谁也不准变。”

两个男孩笑嘻嘻的，钩住了我的小指。“拉钩许诺，我们绝不变。”他们异口同声地答应了。

在摩天轮上，我们的手指一直钩在一起，没有松开。

麦克斯

这是前所未有的一天。那么多快乐，那么多欢笑。麦克斯觉得，要是在摩天轮的最高处打开窗子，他肯定会飘出去，飘得比座舱还要高。

让他感到满足的不仅是笑声。在世界任何地方都无所谓，只要和他的两个好朋友在一起，这就是完美的一天。

有时候，他会试着回忆还不认识利奥和埃尔莎的日子。尽管他们几年前上学才相遇，可总感觉过去早就认识，未来也将永远是好朋友。

朋友们尚未出现的生活并不快乐。他记得自己总是一个人躲在卧室里，捂着耳朵，把父母的争吵声挡在楼下。父亲大吼大叫，母亲则试图息事宁人，争执的焦点总是一样——钱。父亲供职的公司倒闭之后，饭碗丢了，一家人过得捉襟见肘。

麦克斯的母亲总是说，钱够花就行，但父亲却不这么想。他太骄傲了，“够花”不能叫他满足。于是他怒不可遏，吵吵嚷嚷，怪这个，怪那个，就是不怪自己。麦克斯只能把自己关在屋子里，捂着耳朵，等争吵结束。

幼儿园里也没什么好事。他想要和其他小孩一样的制服，希望母亲能去同一家商店购买。可母亲只肯自己缝制，布料不相称，剪裁也别别扭扭的。孩子们嘲笑他，麦克斯便从此学会了隐忍，没有表扬，没有朋友，没有微笑，他也能凑合下去。等父亲找到新工作，买得起新制服时，已经晚了。麦克斯已经成了笑料，被其他人孤立了。然而，遇到埃尔莎和利奥之后，一切都变了。他们从不指指点点、评头论足。他需要的朋友只有他们俩。

不过，他也希望父亲能像那对英国夫妇一样眼笑眉舒，能像利奥的爸爸那样闲聊、逗趣。

哪怕看他一眼也行啊，他都不记得上一次父亲看自己是什么时候了。最近父亲似乎总是在工作，就连晚上也要开会，或者跟同事在一起。他从不讲起自己的工作。后来，连话都不太说了，偶尔说几句，也是因为这样那样的事情批评麦克斯。

所以，在这样的日子里，和最好的朋友在一起，就是最珍贵的时光——麦克斯别无所求。

“麻烦三人组，快过来。”孩子们走出座舱的时候，利奥的爸爸招呼道。看他眨眼的模样就知道，他并不是真的嫌弃他们麻烦。麦克斯笑了。他很喜欢格伦伯格先生的这些玩笑话，可他的父亲从来不开玩笑。

自从有了新工作，父亲就越发着迷于纪律和效率。他曾经告诫麦克斯，讲笑话是浪费时间的行为，只有无所事事的人才会沉迷其中。

格伦伯格先生却正相反。他就像一台生产快乐的机器，谁从他身边经过都会忍不住发笑。

“啊！”正跟他交谈的那位女士捂住了嘴巴。她用英语说了几句，然后指了指自己的手表。

“怎么了？要不要紧？”利奥的爸爸问道。

“我们赶不上啦！”

“赶不上什么啊？”格伦伯格先生问。

“我们原打算坐完摩天轮，乘有轨电车去开会。”她答道，“结果聊得太开心，忘记啦。”

“开什么会呀？”格伦伯格先生问。

“啊，用德语说有点儿难，呃，是关于牙齿的。”那位男士答道。

“我丈夫是牙医，”斯图尔特太太解释着，“开会是关于——这个怎么说？”她咧开嘴，指了指牙齿下面。

“牙龈？”格伦伯格先生猜道。

“对对对，坏牙龈。”

“牙龈病？”

“没错，就是这个！”那位男士说。

“噢！真叫人兴奋啊！”利奥的爸爸说完就转过身，冲着孩子们做了个鬼脸，逗得他们哈哈大笑起来。麦克斯笑得最开心。他喜欢格伦伯格先生开玩笑的方式。这让他有一种归属感——他们是一起的，而他正是其中一员。这种感觉让他欲罢不能，总觉得再多点儿才好。

“可能我们赶到的时候，会议都结束了。”那位女士皱起眉头，对丈夫说道。

“既然赶不上，干脆留在游乐场多玩会儿吧。”斯图尔特先生说道。

斯图尔特太太一拍手。“好主意！”她说，“别去开会啦！”

“好，开会的事解决了，咱们一起再玩一会儿。”格伦伯格先生说，“这之后呀，您二位就跟我们一起回家吧！”

英国夫妇看着他：“跟您回家？”

格伦伯格先生凑过去，好像要透露什么大秘密似的。“要是没尝过我太太做的萨赫蛋糕，维也纳可就白来了。”他说，“利奥，多来两位客人分享你的生日蛋糕，你没意见吧？”

“完全没有，爸爸。”利奥说。

“那你们俩呢，同意吗？”格伦伯格先生指指埃尔莎和麦克斯。

麦克斯本想问问，蛋糕一共有多少块。他去利奥家喝过几次下午茶，但还从没吃过格伦伯格太太做的萨赫蛋糕呢。利奥炫耀过萨赫蛋糕的美味，而他有点儿担心，要是多两个人，蛋糕够不够吃。万一不够，他很怕自己是分不到的那个。

但埃尔莎替他做了回答。“我们都同意，格伦伯格先生。”她说。利奥的爸爸揉了揉麦克斯的头发——麦克斯从未从自己的父亲那里得到过这种爱抚——然后说：“好孩子。为了招待客人，或许咱们可以坐汽船回家。”麦克斯立刻就觉得，哪怕少分自己一点儿蛋糕也没关系。

他和朋友们跳上船，坐在一起，看着两岸美丽的城市风景。

他们之间友谊的纽带就像多瑙河一样深、一样长。这才是他真正在意的事。

利奥

过了几个星期，到了星期六，我一大早就醒了，赶在爸爸妈妈之前洗漱着装完毕。这可是从来没有过的事！我太兴奋了，根本睡不着——麦克斯的爸爸要带麦克斯、埃尔莎和我去阿玛林巴德泳池！

开他的车去！

我们认识的人里面还没有谁家拥有汽车呢！我都说不清到底为什么兴奋了。在维也纳开车兜风？和好朋友共度整个上午？还是去阿玛林巴德泳池玩跳水板？我简直高兴得受不了啦！

我把泳裤卷在毛巾里，塞进背包，一切准备得当就守在窗边，看着外面，等他们来找我。妈妈在厨房里烤面包，爸爸则在楼上的工作室里忙着。

终于，十点整，一辆汽车拐弯过来，开上了我家的这条街。

我唰地站起来，把妈妈吓了一跳。“他们来了！”我嚷嚷着，一把抓起了背包。

我跑到厨房里去道别，妈妈说：“等等，把这个带上。”她递给我一个小纸袋，摸起来热乎乎的。

“这是什么？”我问。

“月亮饼，游泳之后饿了吃。”

我抱着她的腰说：“谢谢妈妈。”

她亲了亲我的头顶。“跟朋友们好好玩吧。”她说。

爸爸送我出了门。只见麦克斯猛地打开汽车后门，笑得像个傻瓜。埃尔莎坐在另一边，冲着我招手。“上来呀！”麦克斯叫我，“咱们走吧！”

爸爸陪我走到车边，凑近了前窗。费舍尔先生就坐在驾驶座上，却没看爸爸一眼。可能是没注意吧。

“那你倒是往里挪挪呀。”我对麦克斯说。

爸爸敲了敲前窗，费舍尔先生这才摇开了一条缝。

“您好吗？”爸爸说，“有一阵子没见了。”

两个爸爸只见过几面。第一次是学校刚开学的时候，爸爸妈妈想见见我的朋友，还有他们的父母，于是就邀请所有人来家里一聚。那是个美好的夜晚，爸爸和费舍尔先生都喝了酒，坐在一块儿谈天说地。费舍尔先生还大大赞美了妈妈的厨艺。大家都笑得很开心。当时，妈妈说，她坚信两家人会成为亲密的朋友。

第二次见面是几个月之后的公园偶遇。爸爸像往常一样笑容满面，可费舍尔先生似乎有些冷淡。

爸爸开玩笑地暗示说，轮到他们招待我们吃饭了，费舍尔夫妇点点头，说很快就会邀请我们。

可那邀请从未出现，大人们之间的友谊也毫无进展。妈妈有些担心，闹不清这是为什么，生怕是我们无意中冒犯了人家。

但爸爸安慰她说这没什么，因为现如今所有人都忙忙碌碌的。

然而，此刻看到费舍尔先生一动不动地坐着，看也不看爸爸，我开始觉得妈妈的担心有些道理了。

“我很好，”费舍尔先生干巴巴地说，“我们得走了。”他说着转过身，招呼我，“上车吧，小伙子，把车门关好。”

我挤上了车，冲麦克斯和埃尔莎扬扬眉毛。埃尔莎一把抱住了我，麦克斯则丢给我一个大白眼。

费舍尔先生发动了引擎，汽车轰隆隆地响起来，缓缓地向前驶去。我们三个回到了自己的小世界，不停地叽叽喳喳，互相闹着玩，分享饼干和小秘密，我就把别的全忘了。

唯有……

我无法忽视爸爸挥手道别时的神情。他还是笑着，可那笑容和以前不一样。他的眼神不是亮晶晶的了，而是流露着伤感。我忍不住琢磨，这伤感是不是因为费舍尔先生冲我们说话时的样子。我心里惴惴不安，而同样的疑问，可能也盘桓在爸爸的脑海：我们做错了什么？

埃尔莎

阿玛林巴德泳池是我所见过的最美的建筑。要挑出最爱之处太难了：一层一层、一排一排完美对称的精巧小隔间，幽深的、湛蓝的、闪闪发光的池水，镶着玻璃窗的圆顶天花板，以及透过窗户洒进来的阳光，还有让我目不暇接的、各式各样的泳衣！

两个男孩都挤在跳板那儿排队，等着跳水。我坐在泳池边，两只脚泡在水里，看着旁边一群年纪大些的女孩。其中一个女孩的泳衣像是白色丝绸做的，另一个女孩的泳衣上印着大朵大朵的花，肩带细细的。

我突然觉得自己身上这件普通的黑色泳衣有点儿土气。

“埃尔莎！埃尔莎！”利奥站在跳板旁边叫我，“快看我！”

我从女孩们身上收回目光，扭头去看他。只见他张开双臂，毫不费力地跳进水中，在半空中画出一道完美的弧线。他没入水底，一直游到我面前，才冲出水面，拨开脸上的头发。“我跳得怎么样？”他一边踩水一边笑着问我。

“呃，十分满分，给你七分。”

“才给七分！小气鬼！”他说着就往我腿上泼水，还拽住了我的脚。“快下来呀！”他说。

“喂喂！该我了！该我了！”麦克斯喊道。

我滑进泳池，和利奥一起抓着池边，看麦克斯走向跳板。和排在后面的男孩们一比，他显得更矮小了。我看见那些男孩指指点点，偷偷地笑话他。我真心疼他，可他根本没注意到那些嘲笑，而是全神贯注地准备跳水。

麦克斯将双手高举过头顶，伸得笔直，接着缓缓屈膝，向前俯身，然后……

哗啦啦！

他迎面拍进了水里。后面那些男孩再也忍不住了，笑着嘘声连连。所幸麦克斯还在水下，等他游过来时，男孩们早就散开去玩水了。

“满分十分，给你十分！”我说。麦克斯游过来后，也抓着泳池边。

“你这是安慰我。”麦克斯说。

“才不是呢，你跳得很棒！”利奥脱口而出。我猜，他肯定也看见那些男孩的行径了。利奥跃出水面，从长凳旁边抄起一只水球：“咱们玩儿这个吧！”

我们游到安静的地方，互相扔球，比赛看谁接得快，只要没接住就哈哈大笑。我们还假装扣篮，滑海豚滑梯，玩斗牛游戏……总之，争分夺秒，大玩特玩。

然而，很快就有人吹响哨子，提醒我们时间到了，该出去了。

“咱们下个星期再来。”走向换衣服的小隔间时，利奥提议道。

“下下个星期也来。”麦克斯赞同道。

“每个星期都来。”我补充道。

两个男孩各伸出一根手指，我用手指钩住它们，我们许诺，无论什么事，永远都要一起做。

麦克斯

麦克斯把泳裤和毛巾挂进晾衣柜，把头发擦了又擦，然后就去找他的父母了。

他和朋友们约好，午饭后在公园碰面，所以想快点儿吃完饭，好出去玩。

麦克斯正往楼下走，突然听见厨房里有人大声嚷嚷。

他定在台阶上，僵住了。父亲显然正在暴怒之中，麦克斯突然不急着吃饭了。

“你是没看见他那张脸！”父亲说道，“他挺把自己当回事啊。马甲多精致，店里多热闹——他觉得自己比大家强！他们那些人都这么想！”

麦克斯听见母亲回应了几句，但具体的话语听不清。片刻之后，父亲又怒气冲冲地嚷起来了。

“哼，现在是我有汽车，他没有！他可没有自以为的那么了不起！他们就是爱表现，全都是！表面上是一个样，暗地里却是另一个德性。骗子，都是骗子。狡猾、肮脏、卑鄙——”

“行了行了，别说了！”

周遭一下子静了下来。麦克斯简直不敢相信。母亲从来不跟父亲顶嘴，这一次是怎么回事？他慢慢地往厨房那儿挪。

“我知道他是什么人，也知道你瞧不上他，可他是儿子好朋友的爸爸，”母亲说，“不搭理不就完了吗？别再提了行吗？”

父亲说的是格伦伯格先生？麦克斯不明白。他肯定是听岔了。人人都喜欢利奥的爸爸，他才不是父亲嘴里咒骂的那种人。

总之，争吵结束了，现在进去是安全的。

麦克斯轻轻地推开了厨房的门。

父亲就站在他面前，气得满面通红。“要进就大大方方地进！”他冲着麦克斯喊道，“别蹑手蹑脚的，像个吓坏了的老鼠！有点儿男人气概！还有头发，梳好！发缝呢？”

麦克斯的母亲走过来，站在儿子身边说：“别迁怒于孩子了，这又不怪他。”

“什么事要怪我啊？”麦克斯问。

母亲的手搭在他的胳膊上。“没什么。来，吃午饭吧。吃完了再整理头发。”

“晚点儿再整理吧，”麦克斯说，“我一会儿还想出去玩儿呢。”

“玩儿？”父亲插进来问，“和谁？”

“利奥和埃尔莎。”麦克斯答道。

父亲的脸更红了。“你没有别的朋友吗？”他质问道，“你就只能跟他们俩玩儿？”

麦克斯能说什么呢？没有，他没有别的朋友了。他不想承认，不想再让父亲失望。再说，就算他有一百个朋友，他还是会选择和利奥、埃尔莎一起玩儿。“他们怎么了？”麦克斯问。

“怎么了？我这就告诉你他们怎么了！他们是——”

“住口！”

母亲的疾言厉色把麦克斯吓了一大跳。

“住口？”父亲逼问，“你敢跟我说住口？”

母亲扬起下巴，直视着丈夫的眼睛。“孩子才八岁。”她说。

就快九岁了，麦克斯心想。但此时此刻还是别开口比较好。

“他想和谁一起玩儿，都是可以的。”母亲继续说道。

空气仿佛在父母之间嗞嗞作响。麦克斯咽了口唾沫。最终，父亲微微点了一下头。“行，”他说，“可以。目前可以。”

一家三口无声地吃完了午饭。

麦克斯嚼着食物，脑袋里一遍遍地重复着那个问题，那个母亲不让父亲回答的问题。

利奥和埃尔莎做错了什么？

1937年

埃尔莎

放学一到家，爸爸妈妈就告诉我了。

我回家只是为了换身衣服，然后再去找利奥和麦克斯。但我一进门，爸爸妈妈就拦住我，让我坐下，跟我讲了。

没有“如果”，不准“可是”，只有不可更改的决定。

我摇摇晃晃地走进洗手间，站在镜子前面，放开嗓子，想说服自己相信，想找寻合适的字眼去告诉我的朋友们。

“你还好吗，埃尔莎？”妈妈在洗手间门外问。

我擦掉眼泪——眼泪止不住地往下掉——然后答道：“让我再待一会儿，妈妈。”

在我出门去找朋友们之前，妈妈紧紧地拥抱了我。不用多说什么，她也知道我的感受。她当然知道。她的感受和我一样。

“我亲爱的埃尔莎，这是无奈之举。”妈妈摸着我的头发说，“你明白的，对吗？”

我点点头。但其实，我一点儿也不明白。我只觉得这一切都太没道理了。可我不知道该怎么说才不会让妈妈更难过，所以干脆不吭声了。

我推着自行车穿过门廊，爸爸替我打开前门。

“一个小时就回来，”他说，“知道吗？”他最近实在严苛，我有时都快要喘不过气了。

“知道了，爸爸。”我说。然后我就骑上自行车，到公园去见我的好朋友了。

阳光正好，公园很美，树上的花都开了，粉粉的，沿着小路铺开，一直铺到我们经常见面的那块草地。他们两个已经到了，正拿着玩具士兵假装打仗。

“我赢了！”我到的时候，麦克斯嚷嚷着。他开枪打“死”了利奥的玩具士兵，正举着双手庆祝胜利。

我把自行车靠在树上，跑过去找他们。

“埃尔莎来了，咱们玩儿捉人游戏吧！”利奥说。我还没回答，他就拍了一下麦克斯的胳膊，喊着“捉住了”，然后就要跑开。

“不公平！”麦克斯抗议道，“还没说‘开始’呢！”

“就因为我比你快，你就要抱怨啊！”利奥不甘示弱。

“不！你才没我快呢！”麦克斯气哼哼地说。

“那你来捉我呀！来呀！”

麦克斯朝着利奥迈了一步，这时他转过头，瞥了我一眼，眼睛里闪着狡黠的光，然后就掉转方向，冲着我来了。

我还没反应过来，他就抓住了我的手：“捉住了！捉住你了！”

“放开我！”我叫唤起来。

可麦克斯不松手。“要是我就不放开呢？”他问。

我推开他。“那我就来捉你！”我说。

我盯着麦克斯的眼睛，盯了好长时间，好让利奥以为自己是安全的。我听见他蹑手蹑脚地靠近了，就开始数数，数到五的时候，我飞快地转身，伸出胳膊。“捉住了！”我边喊边抓着利奥的袖子。利奥连忙往旁边躲，结果我一下倒在了长凳上。

利奥也扑倒在我身旁。

“好了，一人一次，”我说，“够了吧。”

麦克斯站在我们面前说：“咱们去池塘边看青蛙吧。我觉得小蝌蚪应该孵出来了。”

利奥立刻跳起来：“肯定孵出来了。上个星期就有一大堆蛙卵了。”

他们说着就要去取自行车。

“你们俩，”我说，“等一下。”

“怎么了？”利奥回过头问。

我深深地吸了一口气。说吧，就现在。

“我……”好像有什么东西堵着我的喉咙。我咽了口唾沫，再次开口：“我有事要告诉你们。”

两个男孩愣住了，呆呆地看着我。

“怎么了？”麦克斯问，“你生病了吗？”

我摇摇头。

“难道是你父母或是奥托出事了？”利奥问。

“不是的。”我说。

他们折回来，满脸关切。利奥挨着我坐下，麦克斯站在我面前，问道："那到底是怎么啦？"

"我们要走了。"我干巴巴地说。

"可我们才刚出来没多久呀，"利奥说，"不用这么早就走吧。啊，肯定来得及去池塘看看青蛙——"

"我们要离开维也纳了。"我打断了他。

利奥张着嘴巴，合不上了。

"当心哟，会有苍蝇飞进去。"我尽量说得云淡风轻。

麦克斯抱着胳膊。"你们要去哪儿？"他问，"是去度假吗？要去多久啊？"

"我们要去捷克斯洛伐克了，"我说，"搬到那儿去住。"

"搬家？"两个男孩异口同声。

我点点头。真不敢相信，我竟然说得出口。我垂着脑袋，看着自己的腿，一滴眼泪落到了裙子上。我用手背擦擦眼睛，不愿意让他们看到我哭。

利奥拉起我的手问："不回来了？"

我又点点头。

"你要永远离开维也纳？"麦克斯的声音哑了，"可是，为什么啊？"

开口回答之前，我心里突然冒出一种滑稽可笑的感觉。我不想复述爸爸妈妈告诉我的那些话，那听起来太傻了。可是，我也想不出别的借口。我抬头看着麦克斯："我父母说，这里不安全了。"

麦克斯环顾四周，望着这座公园。"不安全？哪儿不安全啊？”他指指我们的自行车，“有人偷车吗？”他又冲着我们身后的小路晃晃手臂，“有人形迹可疑吗？怎么就不安全了啊？”他很生气。

利奥什么也没说。他松开了我的手，整个人都变得僵硬了。

“对我们来说，不安全了。”我轻声说道。

“我们？”麦克斯问道。

我摇摇头。“不是你。”我说。我指指利奥，然后指指自己。“我们。”我重复了一遍。

麦克斯皱着眉头看我，脑门儿上都挤出皱纹了：“我完全不明白，到底为什么？”

我凝视着他的黑眼睛，回答他的时候，心头泛起一阵尴尬。

“因为我们是犹太人。”

麦克斯

麦克斯突然笑了出来。

他反应过来了。他们三个之间经常如此。这个游戏的关键就是，你要板着脸，一本正经地绷着，让另外两个人信以为真。一旦确认他们相信了，你就可以承认自己是在闹着玩，然后因为骗局成功赢得比分。

埃尔莎不太擅长这个游戏。她和利奥、麦克斯不一样。她是女孩。女孩是糖、香料和所有美好的东西做成的，没有能力对别人耍这样的心眼。

她每次想捉弄两个男孩，都是话还没说完，自己就先咯咯笑了。

可是，她今天没笑。

可就算她不笑，她也绝对赢不了麦克斯。她的话实在太荒谬了，谁也不会相信的。

他一屁股坐在长凳上，往后一靠，说道："有那么一分钟，我还真信了。哼，差点儿让你赢了。"

"赢什么？"埃尔莎问，她的声音又低又细。哦，今天她玩儿的是障眼法呀。

“说要离开维也纳啊。我差点儿就信了。”

“是真的。”埃尔莎说，她的声音越来越小，“我们星期六就走了。”

“可是……可是……”麦克斯思绪飞转，语言跟不上趟儿了。某种可怕的东西从他脑海深处翻了上来。有个声音——他不想听到的声音，像父亲般冷漠的声音——压了下来：“你心里明白，麦克斯。你知道，这是真的。”

他拒绝去听。“这太荒唐了！”他坚持道，“信不一样的教就得离开维也纳吗？没道理啊！”

埃尔莎耸耸肩说：“可我父母说，就是因为这个。”

麦克斯像抓住最后一根稻草似的挣扎着。“可你们根本不是真正的犹太人啊！你们都不去教堂！”他说。

“是犹太教会堂。”利奥咕哝着提醒他。

“好吧，好吧，犹太教会堂。”麦克斯说，“可是你妈妈不戴犹太假发，你爸爸也不戴犹太小圆帽。就算你的父母没说错，可谁会知道你们是犹太人？”

“那我们家呢？”利奥问埃尔莎，“我们会去犹太教会堂，每个星期五晚上都做安息日祷告，可我父母也没提过这有什么危险啊。”

埃尔莎无助地摊开双手：“我也不知道。我觉得这和会堂、祷告什么的没关系。我们是犹太人。爸爸妈妈说，就是因为这个，我们非走不可。”

麦克斯盯着他的朋友，这才注意到她双眼泛红。她哭了？

她说的是真的？她真的要走了？“你们真的……这个星期六就走？”他问。

埃尔莎点点头，眼睛里晶莹一片。

“你父母是不是疯了啊！”麦克斯说完望向另一个朋友，迫切地希望他能赶走自己脑海里那个迫近的声音，“利奥，你快跟她说说啊。犹太人怎么了？身为犹太人怎么就危险了？”

利奥咬着大拇指。“我也不知道，”他说，“其实，有时候我也觉得……”

他摇摇头，看着埃尔莎问道：“你父母真这么说？有危险？”

“是的，我爸爸妈妈都这么说。”埃尔莎解释道，“听起来的确很荒唐，可这愚蠢的念头就是从他们脑袋里冒出来了。他们已经决定了。我们真的要走了，不管我说什么都改变不了了。”

麦克斯觉得自己的身体里好像有什么东西在翻腾。是一块巨大的、鲜红的、燃烧的石头，火光熊熊，挤压着他的胸膛。他的眼睛感到刺痛，泪水蓄满了眼眶。但他使劲儿地眨着眼睛，一遍又一遍，好把眼泪锁在眼眶里。

男孩不能哭。

他的父亲总说这句话。前几天还说过。那天，一只鸟直直地撞上了厨房的玻璃，当场就死了。麦克斯把它捡起来，摸着它瘫软的小身子，忍不住掉了眼泪。

“死了一只鸟有什么好哭的！”父亲喊道，“男孩不能哭！听见没有？”

麦克斯攥着拳头擦擦眼睛，把鼻涕蹭在手背上。

“做个男子汉！”父亲抓起死鸟，丢进了垃圾桶。

做个男子汉！做个男子汉！这句话，父亲说过多少次了？他还不到十岁，还是小男孩，暂且不是男子汉，又怎么了？

麦克斯有时候觉得，自己活着就是为了努力变成父亲满意的模样，可一直没有成功过。不管他怎么做，都不能满足父亲的期待。

他、利奥、埃尔莎，三个好朋友的小世界就要变了。他承受不了。只有和利奥、埃尔莎在一起的时候，他才觉得自己不是个边缘人。只有他们了解他，像他了解自己一样。活到这么大，他觉得自己唯一真正拥有的东西，就是他们三个的友谊。可现在，一切就要成空。

男孩不能哭。男孩不能哭。

他握紧拳头，蹭掉了眼泪。

“今天是我最后一次跟你们见面了。”埃尔莎说。她不用像麦克斯那样忍得那么难受，哭出来也没关系。她是女孩。她是可以哭的。男孩们只能佯装坚强。

随后，因为他说不出口，也不想说“再见”，麦克斯跳下长凳，骑上自行车就往家冲。他的心很疼。他越骑越快，脑袋里盘桓着一个念头：总有一天，我要娶埃尔莎。

骑到家的时候，他几乎已经说服了自己相信那不是真的，埃尔莎的父母弄错了，他们很快就会发现自己在冒傻气，他们会留在维也纳，三个朋友会凑在一起，嘲笑今天的这出笑话。

危险？太可笑了吧！当然什么都不——

“你去哪儿了？”

大门在身后关上，低沉的声音打断了麦克斯的思绪。

麦克斯抬起头，看见父亲站在楼梯最上面。他刚才一定是在办公室里工作，从窗口瞥见儿子从街上骑车回来。最近，他几乎都闷在办公室里，即使出门也是跟他那些同事商谈要务。总之，麦克斯最近很少见到他。麦克斯知道自己得赶快回答，别拖延，别浪费父亲的宝贵时间。

“我跟朋友去公园玩儿了，父亲。”他说。

父亲摘下眼镜，从口袋里掏出手帕，一边擦拭镜片，一边走下楼梯。来到麦克斯面前时，他重新戴上了眼镜。“都有谁？”他问。

“利奥和埃尔莎，”麦克斯答道，“我最好的两个朋友。”

父亲点点头，转身走开了。他一边走，一边轻描淡写地说道：“以后别再见他们了。”

麦克斯跟着父亲穿过走廊，走进厨房。母亲正在那儿准备晚饭。他刚才是不是听错了？

“不再见我的朋友？”他问。

父亲停住了。麦克斯停住了——他的心跳也停住了。母亲放下手里的活儿，望着丈夫。

父亲没有转身，说出来的话简短却凌厉：“你要我再说一遍吗，麦克斯？你想试试我有多少耐心？”

“我……不，不是的，父亲。我只是……我想我一定误解了。”

父亲终于转过身，俯下身子，与儿子目光相接。“那我就说得更清楚些，好吗？”他的嘴角动了动。要不是他的眼睛里透出冷漠，这几乎能算是个微笑了。

麦克斯咽了口唾沫，点了点头。

“赫尔曼，算了吧。”母亲无力地劝道。

父亲没有理睬。“你不会再见到埃尔莎。你不会再见到利奥。”他对麦克斯说，“因为我禁止你这么做。清楚了吗？听懂了吗？”

麦克斯更用力地点点头。“听懂了，父亲。”他说。

母亲挡在前面，伸手去拉她的丈夫。“赫尔曼，别再说了。”她恳求道。

父亲推开她。“不行。我忍够了。他得把这事刻在脑子里，哪怕写下来塞进去也得给我记住！”

“他还是个孩子啊。”母亲央求道。

“那就学学吧，该像个男子汉了！”父亲大吼。然后他转向麦克斯，厉声说：“你和他们那种人的友谊已经结束了。听见了吗？”

麦克斯惊恐地望着父亲。他不想提问题。他不想听答案。他逃避了一整天——或许是几个星期，或许是几个月——可那答案躲也躲不开，正迎面向他靠近。

他没控制住，疑问自己溜出来了：“哪种人？”

父亲吐出一个词，好像只是说一句就会脏了嘴巴。

“犹太人。”

他说完这句，也不管妻子和儿子，径自转身走向餐桌，拉开椅子，铺好餐巾，坐下来准备吃饭，仿佛什么都没发生过。

麦克斯跟了过去，没再说一个字。

可他吃不下晚饭。每咽下一口，他都觉得想吐。

利奥

妈妈忙着准备哈拉面包——我们每个星期五都要吃的面包。我坐在餐桌旁写作业，可一直无法集中精神。埃尔莎的那句话一遍又一遍地响起，就像爸爸的留声机里一遍又一遍重放的音乐。

因为我们是犹太人。

因为我们是犹太人。

因为我们是犹太人。

今天，在公园里，我告诉他们，爸爸妈妈从没提过什么危险不危险。这是实话，他们确实没提过，没有这样明明白白地提过。但不知道为什么，我无法像麦克斯那样笑出来。也不会像他那样坚持否认，说“身为犹太人怎么就危险了”。家里有些微妙的时刻，我总是告诉自己，那都是想象。爸爸妈妈的表情和眼神，我也总是假装没看见。我说不清到底出了什么事，可只要仔细琢磨，就知道不对劲了。

所以我就不去琢磨。然而，在我的内心深处，一种微妙的感觉告诉我，埃尔莎说的，可能是真的。

“利奥，帮个忙好吗？把课本收起来，准备一下星期五晚餐的餐桌吧。”妈妈在厨房另一边叫我。

我晃了晃头。像狗啃骨头似的琢磨这些念头没什么好处。我把那些没怎么看的课本合起来，收进了书包。“要我做什么呢，妈妈？”

“把烛台和蜡烛拿出来，”她说，“还有桌布、餐巾、餐具。餐具用漂亮的那套，穆勒夫妇要来吃晚餐。”

“真的？是有事吗？”我一边问一边拉开收着漂亮刀叉的抽屉。

“他们的女儿明年就要结婚了。要是你爸爸能受邀为他们拍摄婚礼照片就好了。所以咱们得好好表现。”

我从抽屉里拿出桌布，大笑着说：“漂亮餐具有助于招徕顾客吗？”

妈妈耸耸肩说：“反正没有坏处。”

“奶奶也会来，也给她摆一套餐具。”

我伸手去拿餐具，无意间摸到了一张薄薄的卡片。这个抽屉里还收着些其他零碎的杂物。“这是什么？”我把它抽出来一看，原来是个信封，上面写着爸爸妈妈的名字，封口已经打开了，里面有一张纸。

妈妈转过身来。“哦，那个啊。你没看过吗？”她问。

我摇摇头：“是什么？”

“打开看看就知道了。”

这封信是用德文手写的，信纸是定制的，上方用花字体印着一个英国地址，顶端的英文写的是“牙科医师，埃里克·斯图尔特”。

这名字看起来很熟悉，但我读了信的内容才想起来他是谁。信很短，德文写得歪歪扭扭，但意思表达得很清楚。

亲爱的格伦伯格先生和太太：

感谢你们给了我们美好、难忘的一天。因为你们，我们的维也纳之旅非常愉快。还有，你们的儿子和蛋糕都棒极了！

谨致最好的祝福。

埃里克和艾琳

“原来是摩天轮上的那对夫妇！”我嚷嚷道，“他们还特别写信来感谢呀，真是太好了！”这时，爸爸走进了厨房。

“可不是嘛，他们人很好。”爸爸说着朝我伸出手。我把信递给他。他读了一遍，然后把信装回了信封。“给，放回原来的地方吧。”他把信封交给我。

“为什么还要留着啊？”我问。不过我还是听话地把信封放回了抽屉里。

妈妈在围裙上擦擦手，冲着爸爸淡淡一笑。“因为你爸爸是个多愁善感的老头子。”她轻声说。

爸爸笑了。但这不是平时那种能照亮整个房间、充满活力的开怀大笑，更像是黑暗中的幽幽烛光。“因为我们需要这些珍贵的纪念，它能让我们想起美好的时光、美好的人。”他说着，伸出胳膊搂住妈妈的腰，让她把头靠在自己的肩上，“尤其是现在，更加需要。”

有那么一会儿工夫，我们谁都没说话。我本想把埃尔莎的那些话告诉他们，可我害怕一旦说出来，那些话就会变成真的。或许，不再说、不再想，就能骗过自己，让自己相信它们都是假的。

我犹豫着到底说不说，时间就这么溜走了。

这时爸爸晃晃身子，从口袋里掏出手表：“好了，穆勒夫妇就要到了。”

寻常的景象终于让我的心情渐渐平静。

没有什么可担心的，没有危险。肯定没有危险啊。从下午开始就一直翻腾的胃，总算舒展开来了。

我得赶快告诉埃尔莎，她弄错了！想到我们三个又能在周末碰面，我就忍不住笑了。她那些傻话呀，我和麦克斯一定要好好笑话一番！

哪儿有什么危险呀，真是太可笑了。

1938 年初

埃尔莎

我很想念利奥和麦克斯，非常非常想念。

来到捷克斯洛伐克之后，想念他们，就是最难挨的事情。

如果实话实说，这也是唯一难挨的事情。其他的一切都很不错。可是，哪怕只是这样想一想，我都会觉得自己背叛了朋友。

自从举家搬迁到这里，妈妈又展露了笑容。爸爸也愿意唱歌、吹口哨了。他又找到工作了。不是什么正式工作，只是帮人打打零工，但口碑渐渐传开，顾客也多了起来。我们吃东西不用收着肚子了，晚饭时甚至会聊聊天、讲讲笑话，就像过去一样。

学校里不太好适应，因为同学们讲的语言和我不一样。有的讲捷克语，有的讲德语。虽然大部分都能听懂，但我的发音有点儿怪，所以能不开口就不开口。这么一来，我就不愿意跟别的孩子一起玩儿了，不过大部分时候我都能听懂他们在说什么，我学得很快。

奥托在学校里挺顺利的，他有了一群新朋友，聊的都是汽车、发动机什么的，每天都乐呵呵的。

除了想念利奥和麦克斯，我还是很开心的。搬到这里，总归是好的。

至少，那晚之前是好的。唉，我早该想到好景不会长的。

当时，我们正坐在一起吃晚饭，爸爸突然扔下一颗重磅炸弹。

“我要参军了。”他说得平平淡淡。

妈妈咽下嘴里的东西，慢慢地放下刀叉，扭过头问：“你说什么？”

爸爸没有看她。“我要参军了，”他重复了一遍，“希特勒的军队过来了，我得去打他们。”

“可是我们迁到这里就是图个安稳呀。”妈妈说。她很平静，爸爸也是，所以在我看来不会有事。只要他们能心平气和地交谈，一切就都没问题。

爸爸放下餐具，拿起餐巾，擦了擦嘴。“不为安稳而战，安稳又有何意义？”他问。

“可是——”

“没有‘可是’。”爸爸打断了妈妈的话，他以前从来没有这样过，“这是我的决定。”

“不跟家人商量就决定了？没问问我就决定了？”妈妈的声音不再平静，变得又尖又高。我没法儿再哄自己了。这根本就不可能没问题啊。

“爸爸，你什么时候走？”奥托问。

这时，爸爸终于不那么斩钉截铁了。他张了张嘴，想要回答，但先转向妈妈，握住她的手，然后才说：“明天。我明天就走。”

“明天？”我呆住了。

爸爸只是点了点头。

我不知道该说什么，我不知道该做什么，我觉得我整个人都不运转了。世界一下子黑了。我们静静地坐着，仿佛在沉默中昏过去了。

妈妈拍拍爸爸的手，轻轻地点点头，然后站起来，示意我帮她收拾盘子。“那你需要带些干粮，”她说，“埃尔莎和我这就做些你最喜欢的饼干。奥托，帮你爸爸擦擦鞋、整理行李，他让你干什么你就干什么。都听见了吗，孩子们？”

“听见了，妈妈。”我和哥哥一起答道。

妈妈把用过的餐具堆在水池里，从橱柜里拿出烤盘，又拿了面粉和糖。“队伍出发离开城市时，你一定是干粮最讲究、着装最体面的那个。等你打完仗，就回到我们身边。我们就在这儿等着你，等你一起开始新的生活。你听见了吗，恩斯特？你答应我，恩斯特。”

她一直背着身，但我知道，她肯定哭了。她的声音听起来像是被什么东西卡住了喉咙。

爸爸从桌边站起来，走到妈妈身边。“别这样，亲爱的。”他说，“来。”他把她拉近，伸出双臂揽着，让她把脸埋进他的怀里，把眼泪印在他的胸膛。

爸爸看着我和奥托，我们立刻跑了过去。爸爸张开胳膊，紧紧地搂住了我们。

“我会回来的。”他说，“我保证，我一定会回来。别怀疑我的话，一刻也别怀疑。等除掉那个邪恶的希特勒，我们就继续好好过日子。我们会幸福，我们会团聚，相信我，我决不食言。”

我们使劲儿地互相拥抱着，仿佛生命就根植于此。我告诉自己，抱得越紧，爸爸的许诺就越能实现。

“好了，好了，”他最终松开了手，“别哭哭啼啼的，振作起来吧。可别让我穿着脏鞋子就出发。你们妈妈做的最好吃的饼干也一定给我带上啊。今天晚上咱们要高高兴兴的，一起度过最美好的夜晚，好不好？”

于是，我们暂且抛开一切，让音乐响起。我们放声高歌，我们开怀大笑，我们天南海北地聊天，甚至跳起了舞，就这样撑过了整个晚上。

谁也没有多说什么，但我们每个人都很清楚为什么要这样做。

我们要抓住这个夜晚，倾尽所有快乐，塞满我们的家。这些快乐的记忆会一直陪着我们，直到爸爸回到我们身边。

麦克斯

校长召集了一次特别集会，这是非常罕见的。

自麦克斯入学以来，这样的集会只有过两次。一次是因为地理科主任埃利希太太去世。施密特校长把所有人叫到了礼堂，老师和学生都站着，默哀两分钟以示纪念。但麦克斯想到这位已逝老师，就只能想到她裙子褶边卡在袜子里上完整堂课的模样。那两分钟里他憋笑憋得十分辛苦，差点儿尿在裤子里。

另一次是天降暴雪，窗外迷茫一片，什么也看不见了。大家都被带到礼堂后，得知要停课几天。那算得上麦克斯最喜欢的时光了。学生们一边做游戏，一边等着父母来接。全校师生组成了一个庞大的团体，而他是其中的一员。尽管在寒冷的礼堂里冻得哆哆嗦嗦，可开心的感觉还是让他雀跃不已，再多来几天他也愿意。

施密特校长把一切都安排得井井有条，保证所有人都不缺吃、不缺喝。后来，管道冻裂了，暖气没用了，他甚至还弄来了额外的毯子和外套。

施密特校长就是这样的人：和气、慷慨、周到。

“到底是什么事啊？”利奥说。男孩们随着班里同学拖拖拉拉地往礼堂里走。现在，因为麦克斯的父亲严厉禁止他和利奥一起玩，他们只有在学校里才能见面。他一直没把事情的原委告诉利奥，只是搪塞说，父亲最近几个月特别呵护他，不愿意他出去玩。利奥没有多问什么，麦克斯就觉得，他肯定信了。

埃尔莎离开之后，一切都不同了。哪怕他们还能在公园里偷偷碰面，但也只能感受到埃尔莎留下的巨大缺口。在学校里，她的座位原本夹在他俩中间，可现在空了。麦克斯每次看到，心里都会难受。后来，老师撤走了座位，搬走了桌子。

至少，他和利奥还能见面。学校里的事，父亲就管不了了，不是吗?

“不知道哇，”麦克斯说，“但愿是好事！”

“既然施密特校长叫大家来，肯定是有事了。”利奥说着指了指站在礼堂前面的校长。

“没错。”

学生们都进入了礼堂，老师们张罗着，用手指压在嘴唇上，说着“嘘”。

有几个男孩还在说话，被老师分别带开了。麦克斯连忙紧紧抿住嘴，一点儿声音也不敢出。他不想和利奥分开。他们在一起的时间已经非常少了。

礼堂里终于安静下来。施密特校长站在前面，伸长脖子，环视四周。他时不时地点点头，似乎在找什么人。他从口袋里掏出一张纸，飞快地扫了一眼，然后清清喉咙，开始讲话。礼堂里响起了他洪亮厚实的声音，声音直奔主题而去。

“念到名字的同学请起立。”

麦克斯看了一眼利奥。利奥疑惑地挑起了眉毛。态度如此生硬可不像施密特校长的风格。

“海因茨·伯格曼。”

每个脑袋都晃来晃去的，想看看这个被点名的家伙是谁。麦克斯和利奥后面几排有个低年级的小孩站了起来。

“塞缪尔·阿德勒。”

塞缪尔·阿德勒跟他们是同一年级的！怎么回事？利奥和麦克斯对视了一眼，利奥耸了耸肩膀，然后两人将目光转向施密特校长。塞缪尔·阿德勒站起来了。

“梅勒妮·科隆博格。”

这次站起来的是个高年级的女生。

时间就这样艰难地推移着。念名字，停顿，男生或女生站起来，然后继续念名字。施密特校长一句解释都没有。这是什么游戏吗？麦克斯希望是。每到下雪天，施密特校长的游戏就有了魔法。

现在，已经有十一二个学生站起来了。这时，施密特校长念道：“利奥·格伦伯格。”

利奥转向麦克斯，惊讶地张大了嘴巴。“我什么也没干呀！”他低声说。

麦克斯摊开两手，耸耸肩膀，表示“我也不知道”。然后他咧嘴一笑，伸出双手的大拇指，给好朋友鼓劲儿。利奥本来盘腿坐着，这下只好慢慢地活动双腿，站起身来。

一股小小的嫉妒钻进了麦克斯的身体。利奥总是比麦克斯表现好，他总是能得到更多的表扬。麦克斯一直暗自猜测，利奥是施密特校长偏爱的学生，这下又一次印证了。这些站起来的学生，肯定是得了什么奖，或者有什么好事。

但嫉妒没有持续太久，很快就让位于内疚。麦克斯应该为利奥高兴。毕竟，他们是最好的朋友——哪怕为了应付父亲，这友情不得不转入地下。

不过，麦克斯有时还是觉得自己在学校里形同隐身。在他们这个年级，他年纪最小；在男生堆儿里，他个头最小，上体育课分组，谁也不愿意选他；就连学习成绩，他也是不上不下。要是也能像别人那样——像利奥那样——被挑出来，接受特别的表扬，该多好啊。

施密特校长把名单放回口袋里，深吸一口气，等礼堂完全安静下来。

似乎所有人都在屏息静待。

接下来，施密特校长开始讲话了。麦克斯敢用裤兜里的所有零花钱打赌，全校师生没有一个人能猜到他要说什么。

利奥

“全校师生、诸位骄傲的维也纳公民，大家想必都为正在进行的德奥大联合而欢欣鼓舞。”施密特校长说道。

我听说过这个词，但并不明白它是什么意思。它是这个周末突然冒出来的。爸爸妈妈在家里谈论过这件事，声音很小，不让我听。不管这到底是怎么回事，我觉得肯定与大街上多出来的士兵有关。不过，这和我、和全校集会又有什么关系呢？

“从今天开始，我们恭迎新领袖——元首，并且为服务于伟大新德国而自豪。我们将骄傲地、毫不犹豫地遵守所有的新法新规，并且争当先锋，采取行动，以期树立标杆，鼓励其他学校追随。即日起，我们学校有两项重大调整。第一项是，从此刻开始，大家要以新的问候礼开启一天的学习生活。此前，我每天通过扩音器欢迎大家入校、提醒你们把外套留在衣帽间、催促你们快去上课。但现在，那些东西已经全部被摒弃了，我将以全新的方式与你们打招呼。”

他说着，向前伸出右臂，打直，掌心向下，喊道：“希特勒万岁！”

没有人说话，连窃窃私语都没有。

施密特校长放下手臂，继续说道：“从现在开始，我们就用这种方式互相问候。”他环顾四周，看了看有谁没仔细听讲。其他人都坐着，只有我们这十几个人站着，这让我很尴尬。我希望校长快点儿说重点，好让大家回去上课。

“第二项调整是，为了向元首展示我们的恭顺严谨，我们要用正确的方式对待敌人。”他继续讲道。

这时，他抬起手，指向站着的人。“你们这些臭狗，别想再跟其他人平起平坐了，你们没那个权利了。”他说。

我突然笑出来了。我忍不住。我们才不是臭狗呢！这一定是校长的新游戏吧。还有几个同学也大笑起来，礼堂里到处是咯咯的嬉笑声。

施密特校长看见有人笑，脸涨得通红。“让你们这些犹太人在这所学校里接受教育，已经是天大的恩赐！”他大声嚷嚷，震得我捂住了耳朵。“从现在起，你们就是低等人！上课和集会都要和其他人分开！滚到后面去！”他环顾四周，打量着所有人，告诫道，“其他师生，不准与他们接触。犹太人肮脏、低劣，和我们不一样。从现在开始，我们暂且容他们在此求乞，但谁也不准跟他们讲话、跟他们玩儿。你们必须假装他们根本不存在！”

我的脚像沉甸甸的石头似的，定在地板上动弹不得。我还是不明白这到底是怎么回事，闹着玩儿、恶作剧吗？

如果真是开玩笑，那这一点儿也不好笑。礼堂里一丝笑声都没了。

一切陷入死寂。

“任何接触都不准，听懂了吗？”施密特校长问。

“听懂了，校长。”全校师生齐齐答道，就连我们这些尴尬地站着的犹太人也是如此。对校长的驯顺，我们早已习惯。

但这一切仍然令我难以置信。

我低头看看麦克斯。我还抱着一点点希望，希望他能冲我笑笑，让我赶快坐下。他会让我回过神，让我知道，都弄错了，没这回事，只是闹着玩儿，很快就会有人忍不住，然后大家都会笑出来。如果真是如此，我保证会笑得最用力、最大声。

然而，当我看向他的时候，我没看到任何“弄错了”和“闹着玩儿”的迹象。

他反而向我证实了这一切都是真的。

麦克斯

他不是故意的。如果你在前一天——哪怕是在十分钟前——告诉他他会怎么做，他一定会当面笑话你，说你胡编乱造。

这好像并不是由大脑做出的决定，而是某种本能的反应。

麦克斯躲开了。

没有躲多远。可能别人都没发现。旁观者是看不出什么的。但利奥不是别人，他是麦克斯最好的朋友。他能看出来吗？

麦克斯的思绪乱糟糟的，整个人头晕脑涨。

发生了什么？为什么会发生这种事？

为什么这种感觉似曾相识？

发出疑问的同时，麦克斯就知道了答案：施密特校长的语气和他父亲的一样。自从那天严禁他跟利奥和埃尔莎一起玩儿之后，父亲就没再提起过这件事。母亲不让父亲提，可有几次父亲没忍住。看报纸的时候，他会脱口而出，说的话让麦克斯一阵阵尴尬。

他把全世界的不好都归咎于犹太人，咆哮着抱怨，说要是没有犹太人，他们这个国家会好得多。

每当这种时候，麦克斯就连忙封闭自己。他说服自己，那是他的父亲，只是嚷嚷几句，没什么大不了的，总能挨过去。

可他挨不过去。现在，就连校长也染上了同样的恨意。

他知道好朋友正看着自己，但他不敢抬头。他无法直视利奥的脸，无法直视那双充满痛苦、恐惧的眼睛。

麦克斯羞愧得脸颊发烫，眼睛死盯着地板，身体朝着其他男生的方向挪动了一点点——他们仍算是学校里的一员。他的头脑意识到，他让最好的朋友失望了。但这只占据了他思绪的一小部分，他更担心的是，万一下一个是自己怎么办。

于是，他慢慢地往另一边蹭。另一边的那个男生，他以前都没怎么打过交道。他唯有盯着地板，屏住呼吸，等着校长继续发话。

利奥

不知为什么，一段回忆突然涌上心头。

是我六岁生日那天。爸爸带我们出去喝茶、吃蛋糕。我、妈妈、爸爸、爷爷、奶奶。吃东西的时候，爸爸一直心神不宁，时不时地看看手表，好像在等什么人。

这时门开了，爸爸用胳膊肘推了推我。“来了。”他说。

我记得，当时抬头看见的一幕可怕极了：一个男人，涂了白色油彩的脸又圆又大，嘴唇鲜红，像是能把人一口吞下，那双大眼睛直勾勾的，仿佛能把人的骨头剜出来。

他拿着一把小提琴，径直走到我们跟前，然后向我微微躬身，拉奏出刺耳的音乐。

后来我才知道，这是个惊喜，是个表演，但当时我吓坏了，一股热流淌到了裤子上。

羞愧难当。

至今，我仍然记得那种感觉。然而此刻，当着全校师生的面，成为别人嘴里的“低等人”的这一刻，我才真正理解了“羞辱”二字。

我希望麦克斯能抬头看着我。我希望他告诉我，这一切全都搞错了。

求你了，麦克斯，帮帮我啊。

他还是盯着地板。

“快，动起来，我们可没那么多闲工夫！”施密特校长大声催促道。

羞辱更进一层。我转过身，离开了最好的朋友，走向礼堂最后面。

有的小孩张大嘴巴盯着我们发呆，好像不敢相信眼前所见的一幕。有的学生则看着别的地方，又尴尬，又害怕，不愿意与我们这些被轰到后面去的人扯上关系。但也有人在我经过时向我微笑，或是同情地碰碰我的手，有一两个人甚至敢出言安慰。我从高我一年级的女生前面走过，她说：“太糟了，这叫什么事儿啊。”走到队伍末端时，有个从来没跟我讲过话的男生给我鼓劲儿：“抬起头，兄弟，会好的。”

这些话对我毫无意义。如果是麦克斯说的，可能还有点儿用吧。这些不过是小孩之间的客气话，没被校长挑出来才是最重要的。他们全都松了一口气。

我们十几个人坐在礼堂最后面，直到集会结束。当天的其他课上，也是如此。我们聊了几句，但没说太多。对于今天发生在我们身上的事，有什么可说的呢？

所有人都谨遵校长的指令，当我们不存在。

包括麦克斯。

他的眼神一整天都没再和我的相交。我们本该一起上最后一节课，但沃纳太太在门口拦住了我。

别的老师尚且准许我们进入教室，只要坐在后面不出声音就行。而沃纳太太一向严厉，新规定似乎将她的严苛拔上了新高度。“犹太人不许进，”她说，“其他人进来吧。”

我站在那儿，看着同学们一个个经过身边，鱼贯而入，看着沃纳太太关上了门。

我一个人待在空荡荡的走廊里，琢磨着接下来该怎么办。

还是回家吧，我最终做出决定。我取了外套，向学校大门走去。直到这一刻，我脑海里仍然盘桓着一个微弱的声音，乞求这一切都是巨大的误会。我几乎能听见施密特校长叫我回去，为伤了我们的心而道歉。几年前，爸爸就是这么做的。他发觉小丑把我吓坏了，一遍一遍地向我道歉，妈妈则把我搂在怀里，抚摸着我的头发。

我忍不住回头去看。

走廊上空无一人。没有人叫我回去。没有人打算拥抱我，向我道歉。

我只好继续走向大门。

就在这时……

“利奥！等一下！”

我连忙转身。是麦克斯！他终于来了！我松了一口气，他没有彻底抛弃我！

他上气不接下气地跑过来。

“你怎么来了？”我问。

"我说要去厕所，才溜出来了。我不能一句'再见'也不跟你说啊。"

他两只脚倒换着重心站着。每当他觉得为难时，就会这样。"今天早上，我扭头了，对不起。"他说，"我一整天都没跟你说话，对不起。"他的眼睛里满含着泪水。

"我明白。你只是不想给自己惹麻烦。没事的。"

"我知道你明白，可我还是觉得很抱歉。"麦克斯说，"这太糟糕了。不管发生什么，我们都是最好的朋友。虽然很难，但总有办法。"

我点点头，一个字也说不出来。我能说什么呢？问问他该怎么办？原本禁令只管校外，可现在连学校里面也禁止我们交谈了。

我想让他跟我说实话，告诉我，不准我们一起玩儿的理由究竟是什么。直觉告诉我，根本不是他说的"呵护他"那么简单。

然而，我们之间，说不出口的又何止这一句？一旦真的问了，就意味着必须直面事实，意味着"我们绝不变"的许诺即将成空。我心里没有准备好。现在还不行。

"我……我得走了。"麦克斯谨慎地看看四周，"迟早会没事的。"

"是啊，会没事的。"我说。看着他跑回教室，我觉得他未必相信这句话。

我没有回家。一想到要把今天发生的事告诉爸爸妈妈，我就觉得承受不住。我随便乱走，走到了公园，走到了运河边，绕着大街小巷，走啊，走啊，走得两条腿生疼，两只手冻得冰凉，几乎没有知觉了。

走了那么多路，拐了那么多弯，羞辱的感觉还是甩不掉。它就像个黑影，紧紧地跟着我。一连串的问题紧追不舍：今天发生了什么？为什么会发生这种事？是谁把施密特校长变成了这副模样？难道他一直憎恨我们，以前全是装的？其他地方呢？其他学校呢？只有我们学校如此吗？捷克斯洛伐克呢？埃尔莎有没有遭受同样的不幸？

她离开维也纳之后，我们通过几封信，互寄过几张卡片。内容一次比一次少。写在纸片上的几句话是无法与几条街之隔、实实在在的好朋友相比的。但我还是每天都很想念她。

今天，我第一次觉得她不在也挺好的。至少，加诸我身上的恐怖和羞辱，她不必体验。

唉，总算耗到了四点。我可以回家了，假装一切如常，什么都不用解释。

我穿行在这座城市中，脚下踏着鹅卵石铺就的人行道，两只手放在嘴边呵着气。快走到市中心的斯蒂芬广场时，我突然听见前面闹哄哄的。我拐进广场，四下张望，只见另一边聚着一群人。他们在干什么？听起来像是在闹着玩儿，又是欢呼，又是大笑，又是互相推搡。

我通常会从广场的中间穿过去，抄近路回家，但喧闹声引起了我的兴趣。于是我向广场的另一边走去，想看看到底怎么回事。

我认出人群里有几个是爸爸的朋友，有穆勒先生、斐迪南先生和韦伯先生。

他们都穿着大衣，戴着黑帽子，冲着人群中央的什么东西大笑。还有好几个身穿制服的士兵，也是又笑又叫的。

看上去是好玩儿的事。经历了糟糕的一天，这正是我需要的。

人太多了，我看不见他们围着的到底是什么。于是，我从两个人中间使劲儿地往里挤，终于挤到了前面。

如果能抹去眼前的一幕，我愿意献出我的一切。只要能向我证明，这一幕不是真的，我宁愿千百次地接受当众被轰出学校的羞辱。

地上有三个人，他们跪在泥水坑里，胳膊朝前伸着。我愣了愣才看清楚，他们是在洗刷人行道。

我又愣了好半天，才不得不承认，其中一个人是我的父亲。

震惊像炮弹一样击中了我的肚子。我紧紧地捂住嘴巴，喉咙里涌上来的味道让我阵阵作呕。

“用点儿力啊！”对面的男人嚷嚷着，他的声音是那么耳熟。我循声望去。

不。怎么可能。

是费舍尔先生，麦克斯的爸爸。

他穿着一身新制服，制服上佩戴着白色的臂章。那臂章上有个图案，最近常常见到，好多士兵的制服上都有这个图案。它看起来像字母 X，只是每一笔画都多了一个直角弯。我知道那是什么意思。

纳粹。

这个符号早就让我隐隐地心生恐惧。现在，眼前的一幕向我证实，纳粹就是可怖的。

费舍尔先生冲着爸爸弯下腰，吐了口唾沫，大叫着："用力啊！没听见吗?！"

我的爸爸跪在泥水坑里，用恳求的眼神望着他。

爸爸。

我的爸爸，人人都喜欢的绅士，能给所有人带来欢笑、从不吝啬助人的老好人。

我的爸爸，我的天一样的爸爸，穿着他的西服和马甲，此刻正跪在泥水坑里，手里拿着一把刷子。

"我已经尽力了，长官。"他说。

费舍尔先生往前迈了一步，跨进了爸爸旁边的泥水坑。"或许这样有点儿帮助。"他说着抬起腿，狠狠地踢中了爸爸的肚子。爸爸向前扑倒，脸扎在泥水坑里。

"爸爸！爸爸！"围观的人哄然大笑，而我却哭喊起来。

倒在地上的爸爸转过头，寻找着声音的来处。他失神而惊恐的目光落在我的身上。他的嘴唇颤抖着。"快走！"他无声地说道，然后就重新跪起来，继续擦洗地面。

我不想把爸爸一个人留在这儿，这太可怕了。可等在这里目睹爸爸被折磨，也可怕极了。我决定听爸爸的话，一寸一寸地从人群中挪了出来。

我跑着穿过广场，沿着铺着鹅卵石的大街跑。我跑啊，跑啊，直到再也听不见人们的叫嚷和嘲笑。

我跑进一条寂静偏僻的废弃小巷，倚在墙上，干呕起来。一遍又一遍，不停地干呕，呕得喉咙灼热，肠胃痉挛。

然而，和我内心的剧痛相比，这点苦什么也算不上。

麦克斯

麦克斯坐在厨房的桌子旁边写作业。他已经盯着同一页发呆半个小时了，只要一看到这些字，他就会被早上的一幕一幕搅得头昏脑涨，完全没法儿专心。

悲伤和困惑在他的身体里互搏。

最让他困惑的是，今天竟和往常没什么两样。集会结束后，学生们回到教室，该干什么就干什么。仿佛那十几个同学被骂、被隔离开来的事根本就没有发生。

大门开合的声音吓了他一跳。父亲回来得挺早，他走到了厨房门口。

“过来。”他一边往里走一边对妻子说道。她正站在水池边清洗蔬菜。

麦克斯的母亲在围裙上擦了擦手，看向丈夫：“你心情不错啊。”他握住了她的手，还轻轻吻了她。

“确实，心情非常好。”他说。

“工作很顺利？”

“顺利极了，”他说，“富有成效。”

费舍尔太太低下头。“你的靴子都沾上泥了！”她说，“怎么弄得这么脏呀？”

她的丈夫摆摆手，像要赶走一只苍蝇。“哦，没什么，”他说，“遇到挡路的脏东西，踹了一脚。”他大笑着，沉浸在只有自己能听懂的俏皮话里。“啊，对了，”他说，“有个好消息，我升职了。”

麦克斯的母亲拍拍手说：“太好了！”她转向儿子，问道：“麦克斯，宝贝儿，很棒啊，是不是？”

麦克斯勉强笑了笑。即便笑得并不由衷，他也觉得自己背叛了朋友。“真是好消息啊，父亲。”他说。

“我可是元首希特勒特别挑中的。他要推进奥地利的工作，我就顺势而为，帮了些忙。现在，他让我加入了核心组织。以后，我就是党卫军高级军官了。”

“那是什么意思？”麦克斯的母亲问道。

费舍尔先生冲着妻子和儿子笑了笑，然后才回答。“意思就是，咱们要去慕尼黑了，”他说，“下个星期就搬家。”

麦克斯想说些什么，可他虽然张着嘴，却一个字也吐不出来。如果早一天知道这件事，他肯定会为离开好朋友、离开故乡以及熟悉的一切而伤心欲绝。

可现在呢？现在，他有些搞不清自己的感受了。

如果有机会搬到新的地方，重新开始，好朋友近在咫尺却不能亲近的痛苦或许就能减轻，埃尔莎留下的伤痛或许就能缓解。

或许，重担般压着他一整天的那种内疚，也能渐渐消失。

好像他今天早上应该做些什么似的。羞辱利奥的，不是他麦克斯，一切都怪不到他头上。但无论如何，他还是感觉到了。这不公平。而他没有维护朋友，连试都没试。

他为什么没有试一试呢？如果重来一次，他会那么做吗？

麦克斯不想用这些问题来折磨自己。他只想逃离，越快越好。

他可以在慕尼黑重新开始，过新的生活，甚至交到新的朋友。

下个星期，他们就要走了。麦克斯安慰自己，离开前要和利奥好好道别。他安慰自己，对友谊的承诺，一定有办法实现。

想听的安慰话，自己对自己说就好，哪怕在内心的最深处，他明知道这些都是谎言。

1938年末

埃尔莎

每一天都差不多，不变的节奏像一种奇怪的安慰。

上学，写作业，帮妈妈准备晚餐，一起缝纫或阅读，直到天色变暗，然后睡觉。

做这些事的时候，我尽量不去想爸爸。因为他一旦闯入我的脑海，问题就一个接着一个：他现在在哪儿？他在干什么？他安全吗？他还活着吗？……

我不能放任自己陷在这些问题里，于是就尽量帮妈妈多干些家务活儿，用日常琐事赶走它们。

奥托也一样。至少，我觉得是。虽然他没有明说，但我就是知道。只不过他不怎么缝纫和阅读，而是更加沉迷于修理东西。他在学校里选了木工课，在家待着的每一分钟都忙着寻找可以拆开再重组的木制东西。我们的生活裂开了一个大口子，谁也修补不了。我想，鼓捣木头可能是奥托的修补方式。

今晚，我们像往常一样各自忙着。妈妈正在缝补衣服上的破洞，我帮她拉紧布料。

奥托坐在地上，旁边放着一个餐凳。他脸上的专注都被我看在眼里——眯着眼睛，舌头伸出嘴。他把一条凳子腿卸下来，用砂纸打磨一番，然后装回原来的位置，拧紧。

“这样就好多了！”他得意地说着，把凳子翻过来，自己坐上去。

奥托一脸笑容，惹得妈妈也忍不住笑了。“真是个好孩子。”她说着伸出手，摸了摸我的胳膊，“要是没有你们我可怎么办呢？”

奥托挺起胸脯。“我们永远都不离开你，妈妈。”他说。

他说得那么严肃，一下子刺痛了我的心。我的哥哥努力地充当起家里的男子汉，照顾着我和妈妈。

缝补衣服的时候，我就跟妈妈讲讲这一天。我已经适应了新学校，也交到了新朋友，她叫格丽塔。格丽塔一直住在布拉格，我一进学校，就和她结成了互助对子。她有一头乌黑的卷发，笑起来的时候，绿眼睛闪着狡黠的光。她爱笑，总是大笑、跳舞、谈天说地。我从未见过像她这样的女孩。在她身边，就像抓着一只气球，永不泄气的气球。

上个星期，她说我是她最好的朋友。我真不敢相信。她有一大堆朋友，却说最喜欢的是我。

我也想说她是我最好的朋友，但还没有说，因为那样有点儿对不起利奥和麦克斯。她能这么说，我其实是暗暗高兴的。我想她很快就会成为我最好的朋友。

我会写信告诉利奥和麦克斯的。我们通过几封信，但因为实在太忙，总是做不到每个星期一封。他们会理解我的。肯定会。

我和格丽塔的友谊，与和他们俩的不一样。跟利奥和麦克斯在一起，就是玩儿。在户外，跑啊，闹啊，探险啊，什么的。但是和格丽塔在一起的时候，主要是谈心。

我们会谈很重要的事情，比如：

更喜欢狗，还是更喜欢猫？我更喜欢狗，格丽塔更喜欢猫。

最喜欢的颜色是什么？格丽塔喜欢粉色，我喜欢黄色。

长大以后要从事什么职业？格丽塔想当老师，我希望成为发明家。但格丽塔说没听说哪个女孩真成了发明家。我在布拉格只有她这一个朋友，不想跟她闹不愉快，于是改口说那就也当老师吧。可是格丽塔安慰我，说这没关系，只要我想当发明家，那就当。

“你想成为什么样的人都行！”她大声说着，露出了极有感染力的微笑。

下一个问题：想嫁给谁？我跟她提起过利奥和麦克斯。格丽塔挑了利奥，把麦克斯分给了我。她说完就仰头大笑——每天要这样笑二十次。

最后就是我最喜欢的问题：我们能做多久朋友？这一点我俩观点一致：永远。

这让我确定，格丽塔可以正式成为我最好的朋友之一了。我打算明天就告诉她。她肯定会特别高兴的。我想象着她和利奥、麦克斯见面的场景。真希望有朝一日，这想象能成真。

那必将是最棒的一天。

麦克斯

从新生活开始的第一天起，一切都不同了。

麦克斯坐在黑色大轿车里，透过车窗，望着街道向后飞掠。他见惯了维也纳的宏伟与美丽，而慕尼黑另有一种气质。维也纳有宫殿，有歌剧院，还有蜿蜒的河流，而慕尼黑要严肃得多，像是那种大展宏图的地方。

费舍尔先生敲敲车窗，命令司机停车。

他下了车，绕到另一侧给妻子开门。“我们到家了。”他夸张地说道。一家三口来到一幢高大的灰色建筑前面，两旁林立的柱子都望不到头。

麦克斯惊讶得合不上嘴。“这是我们的新家？”他问。

他的父亲朗声大笑起来。麦克斯竟然能让父亲开怀大笑，这可是非常罕见的事情。“当然不是整幢大楼，”他说，“只是一套公寓。”他朝上指了指，“不过我觉得你们一定会喜欢。公寓在顶层，带阳台，可以俯瞰整个慕尼黑。”

麦克斯的母亲拍拍手。“像皇室贵族一样！”她激动得声音都拔高了。

“亲爱的，我们现在就是皇室贵族呀，”她的丈夫说道，“我们是希特勒的皇室成员。这就是识时务的回报。去年我付出了那么多，心甘情愿为新政权卖命，才为全家人挣得了这些。”

麦克斯回想了一会儿。在维也纳的时候，母亲总是护在他前面，质疑父亲的观点，叫他对儿子温柔点儿。慕尼黑的高级公寓，对美好未来的种种承诺，似乎让她抛掉了那些过去，欣然接受了新的生活——正如麦克斯一样。

父亲打了个响指，打断了他的遐想：“麦克斯，过来，帮我拿行李。”

麦克斯跑到轿车后面，看见司机已经把袋子和箱子都卸到人行道上了。父亲像往常一样盯着他，麦克斯也像往常一样，渴望让父亲满意。于是他直奔最大的箱子。

可他连拎都拎不起来。

他的父亲连连摇头，感叹道：“我这是什么运气啊，儿子总长不大。”

麦克斯咬着牙，盯着地面，不愿让父亲看到自己涨红的脸。随后他就把这些话抛开了。父亲总是说这样的话，他早就习惯了。反正，说两句又不会怎么样。

“过来，麦克斯，精神点儿，”父亲催促道，“不能一整天就耗在这儿吧。”

麦克斯拎起两个小袋子，沿着蜿蜒而上的大理石楼梯，一直爬到了顶层。

费舍尔先生打开一扇门，夸张地挥挥手，得意地说道：“看！”

麦克斯跟着父母走了进去。他从来没见过这样奢华的房间。单是客厅，就比他们在维也纳的整个公寓都要大。客厅的一侧竖着塞得满满的书柜，另一侧摆着桌腿雕花的长桌。两张长沙发环拱着中央的一把扶手椅，仿佛静待着贵客莅临。母亲说得不错，这就是贵族住的地方。

不过，最棒的是那些窗户，还有窗外的景色。麦克斯穿过客厅，跑到最大的窗户旁边，向外张望。窗户比他还高，打开的时候像一扇门，透过它，能望见他们之前开车经过的那个大广场。

“来。”父亲走到麦克斯身后，打开了通往阳台的门。阳台不大，只够容纳他们一家三口。

他们站在一起，眺望远方。麦克斯盯着下面的广场，眼睛睁得大大的。许许多多的人忙碌着，大多数是士兵，穿着父亲那样的制服。广场四周有高楼大厦环绕，其中最巍峨的一座就在公寓的正对面。那顶端的尖塔高耸着，直入云霄。

“那是什么地方？”他问。

“市政厅。我以后总得去那儿开会，”麦克斯的父亲看看手表，“中午或者下午五点回来。你们看，大钟下面不是有几个小人儿嘛。”他指了指钟塔下方的开口处，那里面有几个巨大的玩偶，“到了整点，它们就会跳舞。”

这简直超出了麦克斯的想象。他迫不及待地想亲眼看看。

“走，我带你们看看公寓的其他地方。”

三个人离开阳台，开始探索不可思议的新家。这里的每个房间都让他们喜悦和惊讶，有些物件甚至要比他们以前所见的大上十倍。麦克斯在维也纳的房间多小啊，这个新卧室足能装下三个！

他忍不住笑了又笑，一整天都喜气洋洋的。

第二天，该去新学校了，麦克斯都没怎么碰早餐。他的胃里直翻腾。他也说不清楚自己是紧张还是兴奋，或许二者皆有。他一想到新学校里没有利奥和埃尔莎就胸口发紧。但紧接着就提醒自己，这是重新开始的机会，得牢牢抓住。在慕尼黑，他要成为全新的自己，没必要再当只有两个朋友的男孩。想做就去做，面目一新。或许，就连父亲也会为他骄傲呢。

临走前，父亲严厉地给了他几句忠告："言行有度，别太惹眼。老师怎么说，你就怎么做。要是不确定，就学学别人。"

麦克斯连连点头。"好的，父亲。"他说。

"不要让我失望。"

"好的，不会的，我保证。"

一个小时之后，麦克斯已经置身于新学校的教室中，等候老师的到来了。老师一走进教室，所有男生都立刻起身，立正站好。麦克斯也有样学样，站得笔挺。

老师走到教室前面，突然向前伸出右臂，打直，掌心向下，大声吼道："希特勒万岁！"

教室里的所有学生应声而动，做出了一模一样的动作。离开维也纳之前，麦克斯的老师和同学们也开始这么做了，所以他多少有点儿准备。但在这里，所有人的反应都那么迅速，就显得他的动作慢了一拍。

老师注意到这边儿有点乱，就看着麦克斯，问道："新来的？"

"是的，老师。"麦克斯答道。他不希望别人听见他声音里的紧张颤抖。

"下次动作快点儿，"老师说，"元首容不得拖沓。"

麦克斯用力点头："好的，老师。对不起，老师。"

然后大家就坐下来，开始上课。

几个星期之后，麦克斯渐渐习惯了新学校。这里与他以前的学校截然不同。在维也纳，上学是很好玩儿的——至少，有利奥和埃尔莎相伴，总是轻松愉快的。他想到他们就觉得心里难受。他想给他们写信，给他们讲讲自己的新生活。可是，不知道为什么，他总能找到耽搁的借口。首先，要是父亲知道了，肯定会勃然大怒，而麦克斯比以往任何时候都热切地渴望证明自己。其次，他忙于学业，确实没有空闲。

另外，还有一个原因，甚至连麦克斯自己都不愿意承认。

他开始融入校园了。这是他从未有过的感受。每一天，他首要的任务就是将父亲那天的告诫付诸实践。

"言行有度，别太惹眼。老师怎么说，你就怎么做。要是不确定，就学学别人。"

奏效了。他不惹眼，没有落单，没有被奚落。他渐渐成了人群中的一员。他喜欢这样。

他很快就发现，自己也喜欢严格的规定。在严格管制的日子里，一切都变得简单干脆了。

别人给你下命令，你便依令行事。你用不着自己思考什么，只要完全按照命令去执行，就能做到不惹眼，就能获得赞美和尊重。这感觉让他上了瘾。得到一点儿，便渴望更多。麦克斯想念老朋友的时刻越来越少了。

于是，只花了几个星期，麦克斯就能在老师走进教室时第一个起立立正，喊“希特勒万岁”时的声音也和别人一样响亮。这是他有生以来最努力的一段日子。而他得到的回报是，他很快就融入了小圈子。

这正是他最想要的奖赏，一直以来都想要的奖赏。现在，让他感觉自在安全的地方，不再是三个好朋友的小团体了。现在，他仿佛融入了万事万物，成为比他更强大的某个东西的一枚小小齿轮。

即使老师说了什么话让他难受，他也不会表现出来。

他们在课上讨论“如何成为优秀的纳粹党人”“为什么日耳曼民族比其他种族优越”。这种时候，麦克斯没有想过那些被剔除的人。他只觉得庆幸：自己运气很好，父亲是纳粹军官，全家都是上等人。

他渐渐生出了自豪感。

老师们告诉他们，与犹太人划清界限极其重要。老师们说犹太人是肮脏、低劣、令人作呕的生物。这种时候，麦克斯极力忍耐，不露出任何表情。

他没有提出疑问。言行有度。

他没有开口争辩。别太惹眼。

他没有告诉他们，他的老朋友就是犹太人。学学别人。

然而，私下里，晚上躲进卧室的时候，周围没有别人的时候，麦克斯偶尔会允许自己想起利奥和埃尔莎。他还是不敢给他们写信。现在尤甚。因为要是写了，他会觉得每一个字都是谎言。再说，他们俩也从没给他寄过信，所以不必内疚。

但他还是给自己留了一点点时间，去想念他们，去回忆曾经的游戏和欢笑。

他会把珍藏在抽屉里的照片拿出来端详。想起那天——从高空俯瞰维也纳，一整天都沉浸在欢笑里——他仍然会微笑。

随后，问题涌来：利奥和埃尔莎真的是敌人吗？他必须憎恨他们吗？有没有可能，是哪里搞错了呢？

他知道决不能把这些问题宣之于口。于是他收起照片，忍着胸口的隐痛，摆脱这些念头，然后站在镜子前面，反反复复地背诵校训，直到脑袋里面只剩这几句话：

独一种族，统一国家，唯一领袖！

独一种族，统一国家，唯一领袖！

独一种族，统一国家，唯一领袖！

利奥

所有不允许做的事，我都列在了一张单子上。我到哪儿都带着它，就怕因忘了而惹麻烦。忘了的下场我已经见识过了。

比如，在广场上撞见爸爸的那天。只是爸爸似乎来不及去回忆。那些新规矩一天一变，等不及他学会，就又挨了罚。

我们绝口不提那一天，甚至抹掉了那天发生的事。我们装作没有见过彼此：他没有跪在地上，没有催我快走，免得我也遭同样的罪。而当他告诉妈妈，自己只是在雨中滑了一跤时，我也没有拆穿他。

有时候，我会在脑海里重现当时的情景，检查所有细节，希望找出蛛丝马迹，来证实是自己弄错了。我瞎想了好几个不同的版本，试图说服自己，那些才是真的。

爸爸是跟朋友们闹着玩儿呢，大家轮流做统领。正如爸爸告诉妈妈的那样，他是不小心摔倒的，惹得穆勒先生、韦伯先生和其他人都笑了。那不是嘲笑，是善意的笑。一定是，他们可是他的朋友啊。

至于费舍尔先生，也待他很好。他并没有真踢爸爸的肚子。那不可能。他必定是在做别的什么事。

然而，日子一天天过去，那些朋友不来吃晚餐了，顾客们不登门了，爸爸越来越孤僻，很少说话，也不再笑了。我越来越无法相信，那天他们只是在闹着玩儿。

终于，那些挂着微笑肖像的橱窗被人泼了红色的颜料。颜料像鲜血一样，流淌着拼凑出“犹太人”这个词。我再也无法欺骗自己了。

我清清楚楚地知道，自己目睹了什么；我清清楚楚地知道，为什么爸爸和另外两人会被挑出来愚弄；我清清楚楚地知道，同样的事情会再次发生——针对他，针对我，针对这座城市里的所有犹太人。

于是，我一条一条地列出了必须记住的新规矩。

不准做的事：

上学。（除非是犹太人学校。目前我还能去那里上学。）

去公园。（反正埃尔莎和麦克斯不在，公园也没什么好玩儿的了。这一条还好。）

去餐厅。（幸亏妈妈烧得一手好菜。）

去公共泳池。（惨！我可喜欢游泳了。）

骑自行车。（这一条是最糟的。我爱我的自行车。）

说“希特勒万岁”。（无所谓。其实我恨他。就是他下令让那些人欺负我爸爸的吧。我不愿祝他那样可怕的坏人“万岁”。）

加入希特勒青年团。（见上一条。）

与非犹太人结婚。（有朝一日可能用得上。埃尔莎只能嫁给我，不能嫁给麦克斯。）

我不停地检查这份清单。每天，我都会听说又有谁没遵守新规矩。他们会挨打、被抓进监狱，或就此不知所终。我的生活被拆成了一天一兑现的承诺，过完了才能确定自己没有成为倒霉的那个。

于是我把这些新规矩牢记在心，毫无异议地遵守着。每天晚上，我都会打开抽屉，取出清单，一条一条地看上一遍，然后折好收起，默默地感谢它让我又安然度过了一天。

埃尔莎

这天晚上没有什么不同。妈妈一边缝纫一边轻轻哼歌。我坐在餐桌旁温习功课。奥托在自己的房间里修理着什么。

一切都是安静平和的。除了爸爸不在，布拉格的生活可以算得上美好。上个星期，我收到了利奥的信。他在信里讲了维也纳的情况。真可怕。我现在终于相信，举家搬迁是个正确的决定。我希望一切尽快回到原来的样子，利奥也恢复原来的生活。

这时，有人敲门，打断了我的思绪。

从来没有人敲过我们家的大门。我的心也跟着怦怦跳起来。妈妈睁大了眼睛，脸色煞白。“待在这儿别动！”她轻声说。她把针线放在一旁，站起身来。

“我要跟你一起去！”我说着就跟在她身后，来到了门厅。奥托也赶到了楼梯口。

妈妈站在门后，深吸一口气，颤抖着问道：“是谁？”

屋里静了一会儿，门外面突然响起了一个熟悉的声音：“是我！快给我开门呀！”

爸爸！

门呼啦一下就开了。奥托像一道光似的冲下楼梯，我也忙不迭地穿过门厅。是他！是爸爸！爸爸回来了！

我不等他关上门就扑进了他的怀里。奥托跳上跳下的，像条急切等着主人拥抱的小狗。

爸爸大笑起来。“先让我进屋呀！”他放下行囊，转向妈妈。

妈妈泪流满面。“你回来了，你回来了……”她在他怀里喃喃低诉，声音都哑了。

“我答应过你一定会回来啊，”他说，“我答应过你们的。”

“不再打仗了吗？”奥托问。

“希望如此。”爸爸说。

“咱们赢了吗？”

爸爸张开胳膊，搂住大家。“这个问题太复杂了，没法儿简单地回答。就目前而言，我觉得是赢了。再看看吧。”

妈妈后退一步，拉着爸爸的手。“快进来，快到厨房来。”她看向我和奥托，“我来给大家煮热巧克力奶。让爸爸在火炉边暖一暖，然后再问问题吧。”

我们都拥进了厨房。我去拿牛奶，奥托把炉火烧旺，爸爸脱掉外套和靴子后就来找我们。

“你回来就不走了吧，爸爸？”我跟他挤在一把椅子上，问道，“哪儿也不去了，对吧？”

“我是这么打算的，不走了。”他说。

妈妈端来一杯热气腾腾、泛着泡沫的巧克力奶。爸爸接过杯子，亲了亲她，说道：“正想喝这个呢。”

“到底怎么回事？”大家都有了热饮，妈妈便问道，“你怎么突然回来了？”

爸爸耸了耸肩。“我也不清楚细节，”他说，“国家机密他们都不说。但应该是达成了某种协议。”

“协议？”奥托问，“什么样的协议？”

“政客和立法者决定的，”爸爸说，“希特勒与英国、法国、意大利签署了协议，答应放过捷克斯洛伐克。”

“放过我们？”妈妈问。

“他们说，只要希特勒答应不闯入捷克斯洛伐克的其他地区，就把西边的一部分土地送给他。”

“那他答应了吗？”妈妈问。

“看样子是答应了！”爸爸笑了，“用不着打仗了，我们不就回家了？”

爸爸说的话我几乎都没听懂，不过最后那句我很明白。这就足够了。我想知道的就只有这一句。

爸爸回家了，我们一家人团聚了。不管曾经面临着什么样的危险，那都已经过去了。

我和奥托好好地庆祝了一番，晚睡也没被念叨。我觉得我最近都没法儿好好睡觉了，我实在太高兴了。

麦克斯

生活在慕尼黑最棒的一点无疑是麦克斯融入了新的朋友圈子。希特勒青年团改变了他的生活。其实，更确切地说，是他的整个生命都系于希特勒青年团。

过去的日子——与两个朋友形影不离但仍不合群，游戏自己编、自己玩，讲个笑话只有自己懂、自己笑——那样的时光一去不复返了。

他现在属于一个更庞大的组织，而且不仅仅是它的一部分，他现在是它的核心。麦克斯期待周末。每到周末他都会特意穿上崭新的制服，来到广场上，和其他男孩聚在一起，列队行军，仿佛一台机器。他们喊着“希特勒万岁！”，喊得整齐而响亮。

他们不只是聚在一起的朋友，他们不只是紧密协作的团队，他们这个集体，声音一致、思想一致，目标也一致：成为完美的纳粹党人。

因为才十岁，年纪不够，所以麦克斯只能先加入少年组织，即德国少年团。得年满十四岁才能正式成为希特勒青年团的一员，但麦克斯不在乎。十四岁还远着呢，他都没怎么想过。他觉得自己已经归属于这个庞大而举足轻重的组织了，朋友们也这么想。

行军之后，男孩们就一起到王宫花园去训练。他们接力跑，拔河，学习点燃篝火，或是用树枝制作匕首。

训练时，麦克斯比别的男孩更卖力。他跑得更快，拉得更使劲儿，为队友们加油的嗓门儿更大。他很快就成了最受欢迎的人。组队时大家先选他，结束时大家也都愿意拍拍他的背。过去那些因为瘦小而遭人嘲笑、被人遗忘的日子，他几乎全忘了。

他回家时总是满心快乐，快乐得就像一只胀鼓鼓、要爆开的气球。

然而有一天，发生了一件事，给麦克斯膨胀的气球上戳了个小洞。

训练后，他和朋友迈着步子行军回家。当天的活动已经结束了，他们本来没必要再一板一眼地走路。但他们愿意，他们乐在其中。

他们四个人并排走着，几乎把整条人行道都占了。

迎面走来一个男人，见到这阵势就连忙躲开了。他跳下人行道的时候，一个男孩突然喊道："臭犹太人！"另一个男孩则把手伸到面前，比画出一个大大的鹰钩鼻。

男孩们哈哈大笑起来。麦克斯也勉强附和了几声。可是在内心深处，他觉得别扭、不舒服。新生活中他唯一还没适应的就是欺负犹太人。

他也不大相信男孩们说的那些话，他最好的朋友就是犹太人，可他们没有大鼻子，身上也没有臭味。

在同样的情境下，麦克斯总是以同样的方法来应对。这次也是。他强迫自己的思想突破移居慕尼黑以来形成的心结。既然利奥和埃尔莎身上不臭，没有大鼻子，不恶毒，不干坏事，那么他们就不是犹太人。也许就连他们自己也搞错了呢。别人说他们是犹太人，他们就信了，但其实，他们根本就是另外的人种。

没花多长时间，麦克斯就说服了自己：利奥和埃尔莎不是犹太人。肯定不是。这么一来，所有问题就迎刃而解了！

只要他们不是犹太人，他就不需要在别人对犹太人刻薄的时候疑惑不安；只要他们不是犹太人，他甚至可以给他们写信，叙叙旧情，聊聊他的新生活。得知他过得幸福，他们肯定也会高兴的。

当天晚上，吃晚餐时，他鼓起全部勇气，清清喉咙，用最礼貌的声音说："父亲，我可以问您一个问题吗？"

他的父亲慢条斯理地嚼着，咽下食物，然后说："当然可以。"

麦克斯的心怦怦直跳，就像乐队练习时敲的那种低音鼓。他一股脑儿地说了出来。

"父亲，我一直在想维也纳的老朋友，利奥和埃尔莎。我觉得我们可能弄错他们的身份了。我想给利奥写封信，不知可不可以。"

麦克斯的父亲小心地把刀叉放在盘子上，擦了擦嘴，把餐巾放回餐巾托上，然后向妻子说道："亲爱的，我得跟儿子单独待会儿。”他站起来，示意麦克斯也站起来。

“去你的房间。”他说。麦克斯跟着父亲走进了自己的卧室。

一进屋，父亲就轻轻地把门关上了。他回头望着麦克斯，脸涨得通红，眼睛像两个小小的黑洞。

麦克斯咽了口唾沫。

“你好大的胆子！”他的父亲厉声训斥，“我们为你付出了这么多，牺牲了这么多，我拼命地为我们伟大的国家、伟大的领袖工作，到头来你就这样报答我？”

“父亲，我只是——”

“你还敢插嘴！”父亲的话像耳光一样扇在他脸上。

“你妈妈花了半天时间做了一顿丰盛的晚餐，你却提什么犹太人！全让你毁了！你到底在想什么？”

“我……我……我只是在想，没准儿弄错了呢。”麦克斯结结巴巴地说，“或许他们不是犹太人。我只是想问问。”

“不是犹太人？毫无疑问，他们就是犹太人！他们的长相是犹太人，他们的气味是犹太人，他们鬼鬼祟祟的模样是犹太人。他们占我们的便宜，占我们的地盘。他们就是犹太人，千真万确！”

麦克斯还想争辩。他想说他的朋友没做过那些事。可是他知道，跟父亲争辩没有好果子吃，尤其是在父亲盛怒的时候。

“犹太人是什么？嗯？”

麦克斯踌躇着。他害怕说错话，所以什么也没说。

“他们是猪。”他的父亲咬牙切齿地说，“比猪还脏。他们是人渣、虱蚤、烂泥。他们是臭老鼠。”

“知道了，父亲。”

“说犹太人是人渣，犹太人是老鼠，犹太人是烂泥。”

麦克斯想照做，但他张不开嘴。嘴里都是胆汁的苦味。

“说！”他的父亲命令道。

“犹太人是人渣，犹太人是老鼠，犹太人是烂泥。”麦克斯飞快地咕哝了几句。

“大声说！”

麦克斯咽下漫到喉咙里的胆汁，放大了声音说道：“犹太人是人渣，犹太人是老鼠，犹太人是烂泥。”

“再大点儿声！”

麦克斯提高音调：“犹太人是人渣，犹太人是老鼠，犹太人是烂泥。”

“再给我大点儿声！”

麦克斯喊了出来：“犹太人是人渣！犹太人是老鼠！犹太人是烂泥！”他感到眼泪逼近了眼角。

“继续！”

“犹太人是人渣！犹太人是老鼠！犹太人是烂泥！”

麦克斯的父亲大步走到屋子里面，拨开了窗扣。趁父亲转身，麦克斯匆匆擦掉了显得不忠的泪水。不能让父亲看见他哭。绝对不能。

他的父亲猛地推开窗户。“过来，告诉全世界！”父亲说，“用你最大的声音，给我一遍一遍地说！”

麦克斯跑到窗前，让肺里灌满空气，然后把所有的内疚、羞耻、愤怒和困惑都包裹在声音里，扯开嗓子大吼：“犹太人是人渣！犹太人是老鼠！犹太人是烂泥！犹太人是人渣！犹太人是老鼠！犹太人是烂泥！犹太人是人渣！犹太人是老鼠！犹太人是烂泥！”

当父亲觉得满意、可以停下来的时候，麦克斯已经满头大汗了。他的心脏像飞驰的火车，隆隆震动，两条腿虚弱无力，仿佛随时会晕死过去。

他的父亲关上了窗户。“很好，以后可别再忘了，”他说，“也永远别在这所公寓里提起那些肮脏的犹太小孩。”

“不会的，父亲，我保证。”他知道自己会说到做到的。他绝不会让自己再次经历今天这样的恐怖。只要能不惹父亲发怒，他什么都愿意做。他再也不会质疑利奥和埃尔莎的身份，他再也不会惦记与他们联系，他会将他们从自己的头脑中永久剔除。

他的父亲看着他，好长时间没有说话。然后他的父亲换上一种平和的声音，问道：“你准备好将语言付诸行动了吗？”

在这一刻，父亲的任何提议，麦克斯都会拥护、顺从。“准备好了，长官。”

“那好。今晚你也一起来吧。今晚要干件大事。非常重要。让我看看，你是不是真的准备好了。”

“我会证明给您看的。”麦克斯热切地说，“我保证，绝不让您失望。”

“嗯，好。走吧，去把饭吃完。”

当天晚上，他们在夜色中离开公寓，前往城市中的犹太人聚居区。每经过一个路口，都有更多人加入他们。

带着砖头、石块和一颗渐渐陷入愤怒的心，麦克斯决心兑现自己的诺言。

利奥

那是什么？

哗啦一声，我从睡梦中惊醒，猛地坐了起来。我屏住呼吸，听了一会儿。没动静了。肯定是小猫跳下屋顶的声音。它们总是这么淘气。

我正要躺下，突然又是一声。

哗啦——

这一次，我辨认出来了，毫无疑问，是哪儿的玻璃碎了。听起来好像很遥远。

我蹑手蹑脚地爬下床，踮着脚走到卧室另一边。

哗啦——

这一声更近。我侧着身子摸到窗前，跪下来，掀起窗帘的一角，这样能看到外面，但不会被人发现。

一群人沿着大街走来。他们有的穿着黑衣服，脚踩靴子，披着大外套；有的则穿着党卫军制服，戴着头盔。我们每天都能在街上看到这样的人，已经见怪不怪了。

但在夜里见到他们，这还是第一次。他们比我最可怕的噩梦还要恐怖十倍。他们就像一支黑暗军团，直接向我扑来。我紧紧地抓住胸口，免得狂跳的心脏跳出胸膛。

等他们走近些，我才看清，他们都抱着好多砖头，还拎着棍子。他们在一家商店门口停下，其中一个点点头，其他人便依令行事。

砰！哗啦！

砖头飞向窗户。他们拍拍彼此的后背，继续往前走，离我越来越近了。但他们并没有在所有的商店前停留。为什么呢？

疑问刚冒出来，我心里就已经有了答案：他们专挑犹太人的店。

妈妈来到了我的门外。“利奥，亲爱的。”她轻声说。

我放下窗帘，悄悄地走到门口。妈妈开了门，向我伸出手。“快，”她说，“趴下。”

我跟着她爬过楼梯口，小心翼翼地下了楼，来到客厅里。妈妈悄无声息地示意我到楼梯底下去。“快进去。”她让我藏进壁橱里。

我的脑海里倏地闪过一段记忆：和埃尔莎、麦克斯一起玩捉迷藏，埃尔莎就躲在壁橱里的箱子后面，到最后，我和麦克斯实在找不到她，只好认输。

但愿外面的那些人也能找不到就算了。

我们正要爬进壁橱时，后门突然轻轻地打开了。我的心跳都要停止了，但走道尽头出现的是我最熟悉的面孔。

“爸爸！”我倒吸一口冷气。他的脸上都是伤，淌着血，走路一瘸一拐的，裤子膝盖那里被撕烂了，外套也破了。

“我们……当时在……犹太教会堂，”他喘着粗气，声音嘶哑，“祈祷……祈祷这一切快点儿结束。他们就来了，闯进我们礼拜的地方。他们这是要把我们赶尽杀绝啊。”

妈妈一把拉过他，紧紧地抱着他。我看见他的肩膀颤抖着，泣不成声。

我从没见过他哭。我长这么大，一次也没见过。

“嘘，亲爱的，好了，”妈妈抚摸着他的头发，在他耳边轻声说，“我们是打不倒的。永远打不倒。”

她向我招手道：“利奥，去拿药箱，快一点儿，然后赶紧回来。”

我跑到厨房，从抽屉里拿起药箱就折回去。妈妈催着我和爸爸钻进了楼梯底下的壁橱里。

“咱们在这儿避一避。”她对爸爸说道。我们三个就暂且在黑暗里安顿下来。

妈妈为爸爸包扎伤口时，我就闷坐在黑暗里，祈祷这个夜晚快点儿过去。砸碎玻璃的声音一阵阵传来，我装作没听到爸爸的啜泣声。

后来，也不知过了多久，我们都睡着了。

再醒来的时候，我的脑袋枕在妈妈的腿上，妈妈则靠着爸爸的肩膀。

我们爬出壁橱，舒展着身体。

“来吧，吃点儿东西。”妈妈走进厨房，准备早饭。

我看着爸爸。“这时候怎么还能想着吃饭呢？”我问。

爸爸按着我的肩膀说："怎么不能？我们必须坚强，利奥。我们必须尽一切所能，维护我们的尊严，对吧？"

我咬着嘴唇，不愿让眼泪掉下来。我把它憋回去了。我点点头。

"过来。"爸爸说着把我拉过去。我张开胳膊抱住了他。他那旧旧的套头衫，还有没刮胡子、有点儿扎人的下巴，都让我安心。

我们刚坐下来要吃饭，就有人敲门。

我本能地想要逃回楼梯下的壁橱里。爸爸站了起来。

"不，别去。"妈妈拽着他的胳膊。

"我们能怎么办呢，亲爱的？永远躲在壁橱里吗？"

她松手了。爸爸去开门。

门外是他的三个朋友。听到客厅里传来熟悉的声音，我松了一口气。也许，他们是来关心我们的。

可这份轻松转瞬即逝。

爸爸脸色苍白地回到了厨房。两个人一左一右地架着他，还有一个人跟在后面。我见过他们。在广场上，冲着爸爸指指点点、大声嘲笑的，就是他们三个。

"我得走了，跟他们走。"爸爸说。

"走？"妈妈站起来，快步迎上去，"去哪儿？"

"这个您不该问，格伦伯格太太。"说话的是韦伯先生。从我记事起，他就是爸爸的朋友。他曾和我们一起坐在这张餐桌旁，吃妈妈做的蛋糕，喝爸爸藏的好酒。当爸爸在饭前祷告时，他的头上也戴过犹太人的小圆帽。

“你们要把我丈夫带走，我连问一句去哪儿都不行？”妈妈言辞锋利，像她最趁手的厨刀。

架着爸爸的是斐迪南先生。“他需要去趟警察局。”他说。

妈妈用一只手捂住嘴：“你们要逮捕他？”

第三个人，也就是站在爸爸后面的那个，走上前来。是穆勒先生。

“只要他跟我们走，你和利奥就没事了。”韦伯先生说。

妈妈瞪着穆勒先生。“你们做朋友有多久了？”她质问道，“我丈夫对你们怎么样，你们心里没数吗？”

穆勒先生两手一摊，很无辜似的。“规矩不是我们定的，格伦伯格太太，”他像警察一样公事公办地说道，“我们只管现在把他带走。”

爸爸请求他们：“给我五分钟，可以吗？”

三个人互相看了看。韦伯先生点点头说：“那就五分钟。我们在客厅等你。”

他们一走，妈妈就冲了过去。爸爸张开双臂，搂着她，也抱住了我。我们三个就这样静静地站在厨房里。我真想叫时间停下，真想把这五分钟拉长，像“永远”那么长。

爸爸最终松开了手。他跪下来，用手捧着我的下巴。“我跟他们走，你们就能安全。”他说，“听见了吧，是他们说的，只要我去，他们就能放过你和妈妈。”

“可要是他们说话不算数怎么办？”我问，“如果他们还是要来抓我们呢？”

爸爸摇摇头：“他们针对的是我。以后，你可是家里唯一的男子汉了。要照顾好妈妈，听见了吗？能答应我吗？”

“能，爸爸，我答应你，我保证。”

他把我拉进怀里，最后抱了我一下，然后就站起来，用低沉沙哑的声音飞快地说道：“听着，我们没多少时间了。本来打算有了好消息再告诉你们，可现在来不及了。你们得接着把事情办妥。”

“办什么事？”妈妈轻声说。

“出国。我一直在研究这件事，你们得继续想办法，离开这里。”

“什么？你要我们离开维也纳，离开奥地利？抛下你？”

“你们必须走，”爸爸坚持道，“我跟他们走，就能给你们争取到一点儿时间。要赶快行动，赶快离开，事不宜迟。”

“我们哪儿也不去，要走也得一起走。”妈妈说。

爸爸严肃地看着她，然后望向我。“必须走，”他说，“我一定会回到你们身边的，我保证。不管你们去了哪里，我都会找到你们。但现在你们必须走。文件就在我的办公室里。把它找出来，继续办理手续。”

“奶奶怎么办？”我问。

爸爸几乎是苦笑着说：“我劝过她，可她说自己太老了，不肯走。我劝不动她，只能算了。她会跟朋友们互相照顾着渡过难关的。不过，利奥，在你们离开之前，尽量多去看看她吧。”

他哽咽着叮嘱我："不要不辞而别，走之前看看她是否安好，记住了吗？"

我喉咙发紧，一个字也说不出来，唯有用力点头。

"时间到了，格伦伯格先生。"客厅里的人叫道。

"离开这个国家，"爸爸对我和妈妈说道，他的声音嘶哑，仿佛字字泣血，"答应我。"

我和妈妈望着他，点点头，异口同声地说出最后一句话："我们答应你。"

爸爸俯下身子，诀别的拥抱，默默无言。他转过身，抚平血迹斑斑的衬衫领子，向客厅里的人走去。

大门在他们身后关上了。我紧紧地咬着嘴唇，尝到了血的味道。我不能哭。我不能屈服。我现在是家里唯一的男子汉了。我要照顾好妈妈。我要接过爸爸没办完的事，带着妈妈离开这里。我必须信守我的承诺。

在不到十二个小时的时间里，我又一次来到窗前，掀开窗帘的一角，向外张望。

我看见爸爸沿着大街，往警察局走去，押着他的那三个人，曾被称为"朋友"。

而他的罪过是：生为犹太人。

1939 年

埃尔莎

希特勒占领了捷克斯洛伐克。

学校里的所有人都在议论。布拉格会怎么样？我们的家人、学校，还有我们自己，会怎么样？

我忧虑得全身紧绷。我尽量不去想离开维也纳时的情况。当时局势紧张，逼得爸爸妈妈宁愿放弃原来的生活，举家搬迁。现在又要重来一次吗？我会像失去利奥和麦克斯那样，失去格丽塔吗？

利奥在信里描述了他如今的日子。不过那也是过去了。我已经好久没有他的消息了。维也纳的情况很糟，非常非常可怕。我忍不住去想，他描述的那些，或许正是我们此刻所面临的。

我们牺牲了那么多，把原来的生活连根拔起，难道就只是为了将恐怖拖延一年？逃也逃不开吗？

我正在上数学课时，校长给老师们下达了一条通知，让他们向全班同学宣布，下午停课。据说，因为事发突然、情况复杂，老师们需要花上半天时间来研读新法律，讨论落实办法。

一听说下午放假，同学们全都欢呼起来。我的喉咙好像堵住了，什么也说不出。不过，能躲开这些话题，我还是挺高兴的。

格丽塔的数学课和我不在一个班，我打算趁午休时间去找她，这样就可以共度一个悠闲的下午。跑出教室时，我们的老师詹斯基小姐拦住了我。“很抱歉，埃尔莎。”她拉着我的胳膊说道。

“抱歉？为什么呀，老师？”我问。

她没回答，只是摇摇头。她握紧我的胳膊，冲着我伤感地笑了笑。我突然不安起来，不知道该说些什么。

“走不走呀？”弗丽达在门口等我。

“去吧，”詹斯基小姐说，“好好的啊，埃尔莎。”

摆脱这尴尬的小插曲，我松了口气。

“我们想去城里看热闹，”弗丽达说，“看看希特勒的军队到底什么样！有谁想一起去？”

我想起爸爸妈妈近来的叮咛。他们不希望我不打招呼就到处跑。爸爸妈妈现在又紧张起来了，像当初离开维也纳时一样。再说，希特勒可是爸爸的敌人！我才不想看呢！光是听到他的名字就叫我瑟瑟发抖了。不过，我也不想当着女生们的面说这话，显得像个小屁孩。

去年，爸爸从军队回来，我们还以为一切都好转了，麻烦结束了，可没想到最近的生活又艰难起来了。爸爸的工作量骤减——雇他的人越来越少。妈妈也沉闷了。他们没有跟我和奥托谈过这些事，但我能感觉得到：不对劲，出事了。

我心里有个细小的声音絮絮告诫着：也许真正的麻烦还没开始。

这些全都不能告诉别人。幸好，在我回答弗丽达之前，格丽塔过来了。

“我们另有安排了，”格丽塔说，“明天再见吧。”

女生们耸耸肩，丢下我俩就走了。

“真的另有安排？”其他人一走，我就问格丽塔。

“没有。”她说。

“那你干吗那么说？”我追问道。但其实，我很感激她替我解围。

“因为城里很危险。”她说。

“危险？”我身体里的每一根神经都绷紧了、颤抖着。我控制不住。我不想问为什么。我不想说出那个答案，也不愿意格丽塔说。可再撑下去，我内心的焦灼就要爆发了，就要把我撕成碎片了。

“你明明很清楚，我们是犹太人，”她压低声音，急急地说，“等着我们的可不一样。情况不妙。”

一直埋藏在心底的答案，最终还是得面对。冰冷的话语沉重地萦绕在我们周围。两年前的那一天，我也对利奥和麦克斯说过类似的话。

我想反驳，想笑，想告诉她，这么说很傻。

但我没有，因为我知道格丽塔是对的。这就是真相。等着我们的不一样。变天了。

利奥

我跑到门口去迎妈妈。她整个上午都在外面奔波，一见到我就简单地摇了摇头。希望又一次落空了。

现在每天都是如此。大使馆一家一家地跑，手续流程一个一个地催，屡屡失望，屡屡重来。

我有时跟她一起去。我们得排很长很长的队，一站就是几个小时。队伍挪动得非常缓慢，我们不敢去买吃的、喝的，就连上厕所也不行，因为一旦离开队伍，就可能被后面的人顶替位置，前功尽弃。熬上几个小时，好不容易排到前面，妈妈把我们离开奥地利所需要的文件拿出来，却总是遭到拒绝，不是这里错了，就是那里缺了，总之总有理由，让我们废然而返。

有一次，我们早上八点就开始排队，排到的时候都快晚上五点了，可办公桌后的党卫军头都不抬一下。

“下班了，”他说，“明天再来。”

“行行好吧，长官，”妈妈恳求道，“我们等了一整天了。还有一分钟才到五点，只要您签个名就行。肯定来得及，就请您通融一下吧。求您了，好吗？”

那个人抬起头，直视着妈妈的眼睛。有那么一瞬间，我觉得他肯定会答应。为什么非得拒绝呢？这不是最简单、最合理的请求吗？

“我写字很慢，”他狞笑着答道，“滚出去，别让我再废话，不然你会后悔的。”

他不再理睬我们。我和妈妈只好慢吞吞地走出办公室，一路无言地回了家。

还有一次，妈妈已经弄好了文件上的签字，需要到另一个地方去盖章，我就又陪她一起去了。这次排队的人不多，我们午饭前就快排到了。那天，我们挺有信心。我记得妈妈递上文件的时候，脸上都露出笑容了。我们就要离开这个国家了，我们距离成功只有一步之遥。

可是，当她递上文件时，办公桌后的男人却不肯盖章，摇着头想把我们打发走。“你这个弄得不对，”他说，“应该先盖章，然后再让那个部门签名。这样我没法儿盖章。”他当着我们的面把文件撕烂了，“重做。”他一边说，一边漫不经心地把文件扔进了身后的垃圾桶。

“我坚持不下去了。”妈妈对我说。爸爸已经被抓走四个多月了，我们离开维也纳的事情却丝毫没有进展。“这到底有什么意义呢？”

“可是，妈妈，我们必须得离开。”我劝道。现在已经不需要用爸爸的话来督促了。这里发生的一切都在证明，他是对的，我们必须走。每一天的现实都告诉我们，奥地利不再是我们的祖国了。日复一日的羞辱、限制行动、宵禁……我和妈妈都很清楚，这里的生活已经无法继续了。

“我受够了。”妈妈说，“就像猫玩弄老鼠，他们是故意捉弄咱们啊。我不想再做那些事了。让我取悦他们，我做不到。再说，就算把所有手续都办妥，我们也走不了。永远走不了了。”

“为什么，妈妈？”

“因为对他们来说，抛掉一切——我们的家、我们的财产、我的丈夫和你的父亲——还远远不够！他们还要求我们提供目的国的担保人。这位担保人得对我们负责，给我们找落脚的地方，找工作，让我们不再受纳粹的侵扰。”她望着我，眼圈发黑，面容憔悴。“利奥，亲爱的，”她轻声说，“我们一个外国人都不认识。没人能帮我们啊。”

“不不，妈妈，我们得再试试！”我坚持道。

她轻轻地按住我的嘴唇。“算了吧，我尽力了，”她说，“到此为止吧。我们勇敢面对现实吧。等你爸爸回来，咱们一家团聚，再经历什么都无所谓了。不会比现在更糟了。只要坚持，咱们就能撑过去。”

“好吧，妈妈。”我长叹一口气。没别的路可走了。

沉默之中，我听见邮差扔进来一封信，落在大门前的垫子上。我走过去，一下子就认出了上面的笔迹。

“是爸爸的信！”

“看来，还是有好事发生的！”妈妈说着拿起信，撕开了信封。我们每个月都会收到爸爸的来信，这是第四封。我现在就靠这些信撑着了。

这样的日子，还能有什么别的指望吗？

“来，把外套脱了，到我的床上去，盖好毯子看信吧。”妈妈说。我们现在已经没钱开暖气了，只能挤在毯子里取暖。纳粹党逼着妈妈用很低的价钱卖掉了爸爸的摄影工作室，说这叫“雅利安化”，所有犹太人都不准拥有财产。我们现在还有地方住，已经是万幸了。

妈妈的所有首饰也都被没收了。所幸的是，纳粹士兵找上门的那天，她早有准备。几个星期以来，各种小道消息满天飞，妈妈赶在前一天晚上摘下了结婚戒指，把它缝进了一条旧毯子里。

这是她仅剩的一件首饰。如今她连看都不敢看一眼，更不用说戴在手上了。

对于我来说，最珍贵的宝贝，是爸爸的信。

我跳上床，拉起毯子，依偎着妈妈。妈妈展开信，我们一起读起来。

我亲爱的妻子、我亲爱的儿子：

我很好，一切都好。这里伙食不错，日子过得也还行，根本就不像监狱！

我交到了朋友，干活儿很卖力气，看守挺和气的，你们什么都不用担心。咱们很快就会团聚的。

利奥，我希望你保存好我那些老照片。我以前常说的那些关于摄影的事，你还记得吗？一张照片胜过只言片语。一定要好好记着啊！你知道这可是大实话！听我的，准没错，千万别忘记！现在你是家里唯一的男子汉啦。

我全心全意地爱着你们，再见的日子不远了。别忘了常去看看奶奶，向她转达我的问候。

爸爸

妈妈微笑着把信叠起来，拿到嘴边亲了亲。

如今看到她的笑容实在太难得，我不愿破坏这一刻的美好。但爸爸信里的内容，让我有些费解。

“妈妈，能给我看看吗？”我说。

“当然，看完了和其他信放在一起就好。”

妈妈把信递给我，我从头到尾又读了一遍。

没错，就是这儿，关于摄影的话，写得不对。

“我以前常说的那些关于摄影的事，你还记得吗？一张照片胜过只言片语。”

他以前不是这么说的。他常说的那句话是：一张照片胜过千言万语。

难道他记错了？这不可能。爸爸绝不会忘记这么重要的话。这句话，他跟我说了又说，说过好多遍。

他为什么要这么说呢？

我往后读。“你知道这可是大实话！”

我突然灵光一闪，心脏怦怦狂跳起来——这是暗号！他是故意写错的！他真正想告诉我的，是别的事！我把整封信又读了一遍。他说他一切都好——假的！他只是不想让妈妈担心罢了。但对我，他肯定另有交代。

“听我的，准没错，千万别忘记！”

他只叮嘱过我一件事：离开维也纳。

所以，我必须努力开动脑筋找门路，必须想办法帮妈妈振作起来。我们必须离开。

我把信叠好，送回妈妈的房间，放进她专门用来收藏信件的抽屉里。这时，我突然想起了类似的场景——抽屉，放着特别物品的抽屉。

我回忆起什么了？是一场梦，还是真实的记忆？美好的片段被一天天剥蚀，留也留不住，所以我打算把它当作幻觉，置之不理。可是，仅仅是残存的回忆，就把我带回了那幸福的一天。我九岁生日那天。如今想起那一天，痛苦多过快乐，所以我宁愿不去碰它。

可不知为什么，它此刻触动了我的心神。

啊，我明白了。

那封信！斯图尔特夫妇寄来的那封信！

我冲下楼梯，跑进厨房。还在那儿，还在那儿，一定还在那儿——

真的！它真的还在！跟漂亮的餐具一起被放在抽屉的尽里面！

怀着希望和兴奋，我掉头就往楼上跑，往妈妈的房间跑。“妈妈，”我说，“我们一定不能放弃！”

“什么？放弃什么？”

“我们必须离开奥地利！”

“利奥，好了，别再提这件事了。我说过——”

“我知道，可是……”我顿住了。我应该把爸爸的话告诉她吗？不，如果爸爸希望她知道，就会直接写在信里，何必用暗号呢。正如他说的那样，家里现在只有我这一个男子汉了，我得自己想办法解决问题。

我在床上坐下来，飞快地说道：“咱们就再试一次。赶在天亮前起床，一个手续一个手续地办，排在队伍的前面，笑着听他们的要求，规规矩矩地把所有文件都整理好。”

妈妈叹了口气：“利奥，就算这些都办好了，咱们也走不了。这是死胡同啊。去哪儿呢？没有人能为咱们担保。”

我把信送到她面前。“有的，有人能为咱们担保。”我说得很坚定。

“这是什么？”她接过信，打开来看。她微微地笑了。笑得很悲伤。“是几年前一起为你庆祝生日的那对英国夫妇啊。”她说。

“他们或许愿意，”我说，“他们或许能帮咱们。”

妈妈连连摇头：“亲爱的，摩天轮和蛋糕，并不是要求人家施以援手的理由啊。”

我缓缓地深吸一口气，挺起胸膛说：“妈妈，这是咱们最后的希望了。仅有的希望。咱们必须试一试。”

妈妈盯着我的眼睛，凝视了好一会儿。我突然意识到她为什么如此犹豫了。她并不是自甘放弃，而是难以承受希望一次又一次破灭。

终于，她点头了。“好吧，”她说，“我今晚就给他们写信。”

我扑上去搂住了她。“谢谢你，妈妈！”我说着，亲了亲她的脸颊。

我真想把这个计划告诉爸爸——哪怕最后失败了，至少我们拼尽了全力。

这总比毫无反抗地将一切拱手送给纳粹强多了。

麦克斯

麦克斯在闹钟铃响之前就醒了。太阳还没出来，父母还在睡着，他就已经起床了。

他收拾好床铺，还穿着睡衣就轻手轻脚地往厨房走。昨天晚上，母亲已经替他准备好了制服。他先细细检查了衬衫和短裤——折痕必须熨烫好，然后从桌子底下拿出靴子，仔细检查。

“麦克斯，你在干什么？”他的母亲站在厨房门口，打着哈欠，裹紧睡袍，然后瞥了一眼厨房里的钟，“还不到六点呢。”

麦克斯拎起靴子：“我想再擦亮些，母亲。”

他的母亲笑了起来：“还擦呀？昨天晚上擦得还不够亮？”

麦克斯的父亲来了。“你别管他。”他的父亲说着从妻子身边走过，进了厨房，“他做得很好。”

麦克斯低着头，盯着手里的靴子，不让父亲看到自己涨红的脸。如果知道一句好话就能让儿子高兴成这样，他以后可能就更加吝啬赞美了。

麦克斯抓起一块布，把靴子擦了最后一遍。他的父亲走到桌边坐下了。“他们什么时候来接你？”他的父亲问。

“八点，父亲。”麦克斯答道。他差一点儿就没藏住声音里的兴奋。

今天是他第一次参加希特勒青年团的周末集会。他要跟朋友们共度整个周末：比赛、游戏、生火、在林子里露营、在篝火上烤面包……整整两天。不过，这两天主要还是训练，像真正的士兵那样。列队行进，整齐一致地踏步，一边喊“希特勒万岁！”，一边排列成T形——让麦克斯心花怒放的正是这些。成为完美巨型机器里的一枚小小齿轮，这感觉是麦克斯从未体验过的。他深陷其中，爱也爱不够。

整个周末，麦克斯过得如鱼得水，比想象中还要顺利。

列队时，麦克斯排在最前面；分成两队时，麦克斯成了队长；扛着原木过河时，麦克斯专挑最沉的木头，专挑水最深的地方；男孩们嘲笑犹太人时，麦克斯笑得最厉害；把手伸向前方高喊“希特勒万岁！”时，麦克斯喊得最响亮。

于是，周末集会结束，要颁发奖牌时，首领们很容易就做出了决定：麦克斯当选“最佳营员”。

队友们把他高高扛在肩上，叫着他的名字，为他欢呼三声。

麦克斯仿佛拥有了整个树林，整座城市，整个世界。

有那么一瞬间，他记起了类似的感觉——俯视一座城市，像一位国王。

他想起来了。是维也纳。是维也纳的摩天轮。座舱到达顶端的时候，身边有利奥和埃尔莎相伴。

这回忆让他的胸膛里泛起了怪异的感觉。这感觉不好，很不舒服。当年的男孩与现在的他，已然判若两人。他不允许任何人、事、物挡在他如今的路上。他失去的已经太多了。于是，不等回忆充满他的思绪，他就把它甩开了。他钟情于此刻。此刻更加幸福。

利奥

“收到了！妈妈！收到了！”

我奔上楼梯，跑进妈妈的房间。我坐在她的床边，尽量按捺住心里的兴奋，轻轻地摇晃她。“妈妈，快醒醒！”我说。

妈妈睁开眼睛。“怎么了，利奥？出什么事了？”她一边问一边揉眼睛，还打了个哈欠。

我把信塞到她面前：“看！看邮戳！妈妈，是英国的回信！”

这句话就像一瓶嗅盐，妈妈一下子就坐起来了。“快给我，让我看看。”

我把信封递了过去。她端详着，仿佛那是一件珍贵的宝物。

对我们来说，它真的是。

妈妈抿住嘴唇，小心翼翼地把信放在床上。“先喝咖啡。”她说。

“可是，妈妈——”

“先喝咖啡，”她坚持道，“没必要这么着急。我想先清醒清醒。如果要面对拒绝和失望，我得先唤醒全身的力气。”

妈妈说得对。她提醒了我：打开信之后的结果，极有可能不如人意。我们认识的所有人几乎都遭遇了类似的窘境。如今，每一个犹太家庭都只有一个目标：离开奥地利。

妈妈的一个朋友拿出一大笔钱，在英国的报纸上登了广告，自荐应征女佣。上个星期，她给我们看了那个广告。

“奥地利女性，高资质教师，诚求英国家庭女佣工作。恳请施援。绝望泣求。”

到目前为止，她没有收到任何回复。谁也不愿意接纳她。又是一个没人要的犹太人。

所以，是啊，妈妈说得对。再拖一会儿吧。希望——最后仅有的希望——破灭的时刻，还是再拖一拖吧。

我们努力地拖了半个小时：妈妈喝了咖啡，我在洗手间的水池边草草洗漱了一番。我们早就不淋浴了，热水断掉了，快速擦洗一下总比站在冷水底下强多了。

那之后，我们一起坐在厨房里，餐桌旁。那封信就摆在桌上，摆在我们中间。

妈妈点点头，好像跟自己许诺了什么。“打开吧。”她把信递给我。

“我来看？”

“我不敢，我怕承受不了。你看吧，我看你的表情就好。”

我仿佛听见爸爸在说：“你现在是家里唯一的男子汉了。”这句话让我有了勇气。“好。”我说着用手指掀开信封边缘，把它拆开了。

埃尔莎

妈妈和爸爸又开始背着我小声讨论了，就像我们离开维也纳之前那样。他们以为我和奥托什么都不知道，以为我们早就睡着了。可是，才不是呢。我们俩一起蹲在楼梯口，伸长耳朵捕捉着只言片语，然后试着把它们拼起来。

“一样糟糕……”

“要是走不成……”

“决不能落到那种境地……”

“抛弃自己的孩子……”

“交通……”

“不行，没商量，别再提了……”

我们的想象连轴转，思来想去，都觉得实情不可能像我们想象的那么糟糕。我们决定直接去问，我和哥哥一起去。

“啊，孩子们，你们不是在睡觉吗？”爸爸从桌旁跳了起来。我们俩穿着睡衣走进厨房，一言不发，因为还没想好该怎么开口。

其实，我们根本不想开口。我们心里清楚，不管那个实情到底是什么，都不可能继续假装它没发生了。

“很晚了，早就过了该上床的时间，”妈妈说，“你们下楼来干什么？”

“我们睡不着。”奥托说。

妈妈笑着望着我们。“要不，我给你们讲个睡前故事？就像小时候那样？”她问。

我摇摇头说：“不用了，妈妈。”

“那，来杯热巧克力奶？”爸爸问。

“我们只想要个答案。”奥托说出来了。

不等爸爸妈妈发问，我就哭了，眼泪热热地含在眼眶里，怎么也忍不住了。“你们要丢下我们吗？”我问。

妈妈看着我愣住了。爸爸张了张嘴，但什么也说不出来。

“是真的！”奥托急急地质问，“你们真的要丢下我们了！你们要抛弃我们！”

妈妈站起来，向我和奥托伸出胳膊。我跑过去，扑进她温暖的怀抱里。我闻着她身上的气息，屏住了呼吸。希望在我憋不住之前就能得到答案，她会告诉我，他们永远也不会丢下我们。奥托固执地站在原地，等待着答案。

“我们当然不会抛弃你们。”爸爸说。我长舒了一口气。可是，他的声音并没有像我以为的那样，能让我们安心。

“我们听见你们小声说话，”奥托说，“你们好像在筹划什么事。”

“你们故意瞒着我们。”我向后一退，看着妈妈的脸。

妈妈看了爸爸一眼。我读懂了这里面的意思：点头，同意。

“是的，我们确实在商量。”爸爸的语气严肃极了。这一瞬间，我有些后悔了。我想收回刚才的话，想回到楼上去，回到床上去，假装什么也没听见。不管他们在商量什么，我都不想知道了。

“来吧，你们俩都过来，坐下。我给你们做些热巧克力奶，然后咱们边喝边聊。现在也该把计划告诉你们了。”

我等待着爸爸妈妈宣布他们的决定，可即便是热巧克力奶的温度也无法安抚我颤抖的手。

利奥

我盯着手里的信，话都说不出来了。

妈妈伸出手，想把我搂住。“利奥，亲爱的，没关系，没事的，咱们另想办法吧。”

我连连摇头，把信纸递给她，好不容易才憋出一句话来：“他们答应了！妈妈！斯图尔特夫妇答应了！”

“什么？”妈妈拿过信，大声地读了起来：“好的，可以，请放心。我们当然愿意帮助你们。你们的友善和慷慨，我们一直铭记在心。请确切告知你们所需的帮助，我们会立刻照办。谨致问候，艾琳和埃里克·斯图尔特。”

妈妈不可置信地看着我。我终于忍不住笑了。“他们竟然愿意帮忙，”我轻声说，“真是不可思议啊。”

妈妈也笑着看我——然而，我在她的笑容里看到了踌躇。用不着问。我的感受和她一样。

“爸爸会找到咱们的，”我说，“他很快就能与咱们团聚。”

妈妈点点头，抿着双唇，什么也没说。我想起了爸爸用暗号写给我的那些话。我必须坚强起来，担起重负。“奶奶会祝福咱们的，”我又说，“她不肯离开，她已经说过好多次了。可是，妈妈，咱们必须走。”我搂住妈妈的肩膀，“爸爸希望咱们走。他需要咱们离开这儿。”

妈妈靠在我身上。“我知道，利奥，好孩子。只是……”她说不下去了。

“很难接受。”我替她说道，“我知道，这真的……太难了……可要是爸爸知道咱们明明有机会离开奥地利却没走，他肯定会不高兴的。这个决定很残酷，但是，我们必须走。”

妈妈转过身，望着我的眼睛，她用手掌捧着我的脸，用拇指抚摸我的脸颊。“你是什么时候变成这么懂事的小伙子的？”她问。

必须懂事的时候就变了，我在心里回答她。

不过，我没有说出来。我只是亲亲她的脸，轻声说：“我爱你，妈妈。”

“我也爱你，亲爱的儿子。”她说着吸了口气，像是振作精神，要付诸行动了，“来吧，咱们把这封信交给那些当官的，看看他们还能找什么麻烦。”

我们穿上最厚重的大衣，戴上最厚实的手套和帽子，再一次开始了早已习惯的流程：大使馆，办公室，行政大楼……我们在寒风中站着，为家常便饭般的拒绝、嘲笑和戏弄做好了准备。

但这一次，这些都没发生。

一日将尽，我们拿到了想也不敢想的东西：签证。

埃尔莎

我揉揉眼睛，瞪着爸爸妈妈。我听错了吧。我肯定是听错了！我想让他们重复一遍刚才说的话，可又害怕再听到同样的话。

“真的假的？认真的吗？”我还没想好呢，奥托就先开口了，“你们要把我们送走？这是说着玩的，对吧？”

爸爸转向哥哥。“奥托，我们这样像是说着玩吗？”他的声音低沉而沙哑。

“可是……至于吗？没有这么严重吧？”我问。

“你还想等到多严重啊，埃尔莎？”爸爸说，“各种社团都不要你和奥托，我找不到工作，你们连去公园散步、骑自行车、游泳都不行，这还不够严重吗？每天都有朋友失踪，这还不够严重吗？”

妈妈扶着爸爸的胳膊：“亲爱的，温柔点儿，孩子们哪儿想得到这么多啊。”

“可是，施特拉，这是事实。他们应该知道，应该思考。既然已经发生了，就得面对。”

“咱们正在面对啊。”妈妈平静地说，“我同意你的决定，但是，没必要把恐怖的东西硬塞给他们。”

爸爸长叹了一口气。“好吧，”他说，“反正，决定已经有了。接下来就是耐心等待机会了，不过应该会很快。”

“很快？有多快？几星期后就走？”奥托问。

“几天吧。”爸爸说。没必要再瞒着了。

“几天？”我哽咽了。

妈妈哭了。她也没必要再硬撑了。“我的宝贝们，相信我，哪怕有一丁点儿的办法，我们也不会这么做。”

“可是，为什么你们不能跟我们一起走？”奥托问。我的哥哥——总是努力变得强大、努力承担责任的大男孩——此刻也像我一样害怕。

“我们走不了，”爸爸答道，“他们不准我们离开这个国家。但小孩还有机会。你们的妈妈和我不能坐视机会溜走，最后害了你们。”

妈妈在我和奥托面前跪了下来，握住了我们的手。“你们是我们生命里的重中之重。”她说，“我什么都不在乎，除了你们。”

“那为什么还要送我们走？”我的喉咙疼极了，几乎说不出话来。

“因为我们希望你们活下去。”爸爸简单地说道。

“可我们现在活着啊，”我无力地争辩，“这样继续下去不就行了吗？”上一次变故让我和两个最好的朋友生生分离。在布拉格，我就只有一个真正的朋友。光是想一想要跟格丽塔说再见，我就受不了。

“只是一阵子，很短。”妈妈说，“等这一切过去了，你们就可以回来了。”

“那我能告诉格丽塔吗？”我问。

“不行！”爸爸非常严厉，“不能告诉任何人。在我得到消息、确定一切都安排好之前，我们得照常生活。到了那天，我们趁天黑离开。我们会把你们送上火车。你们拿上文件——都准备好了——先去荷兰，然后乘船转往英国。一路上会有人照顾你们的。好心人会保护你们的安全。”

妈妈努力地挤出笑容。“等所有人都受够了希特勒、把他赶下台，回家就安全了。到那时，我们就把你们接回来。”她说。她竭尽全力地安慰我们，说一切都会好起来的。我看着她强忍悲伤的样子，心疼极了，只好妥协。

“好吧，”我只能同意，“就这样吧。”

奥托像是耸肩，又像是点头。“我们明白了。”他说。

可我知道，他说的不是实话。我们俩都撒谎了。我们危在旦夕、命悬一线，要被送往陌生的国家，而父母却不能出国，不能和我们在一起……谁能明白这一切？

我会听话地照做，我会离开，但我拒绝理解，因为那意味着接受即将发生的现实。我不要。

利奥

我盯着手里的签证，挪不开眼睛。“这是真的吗？”我问妈妈，“咱们真的可以离开奥地利了？”我不敢抱有希望。就在同一天，我们站在街上排队的时候，被人吐了两次唾沫。穿过马路时，我还被一个迎面走来的男孩绊倒了——他只是想逗朋友们一笑，他的朋友们也确实笑了。

现在，他们每天都在嘲笑我们，他们每时每刻都在辱骂我们。让我们在纳粹统治的地方有点儿自知之明，他们乐此不疲。

已经用不着提醒我们了。

我们已经沉到了社会的最底层，没有什么在犹太人之下了。

“是真的。”妈妈坚定地说道。她把一把椅子拖进她的房间：“来，帮我把箱子拿下来。”

我走进房间，帮她扶着椅子，她站在椅子上，去够衣柜顶上的箱子。她拿下来两只箱子。他们只允许每人带走一只箱子。我们以后的生活，都在这一只箱子里了。这就是全部。

到这个周末，我们的家，还有家里的一切，都将正式归纳粹政权所有。我们所拥有的，只有两只箱子能装下的东西，以及盖着大大的红色字母“J”的护照。“J”代表“犹太人”。他们生怕别人不知道我们是犹太人。

我把箱子拿到自己的房间，开始打包。衣服、书、几件玩具……箱子很快就装满了。

我打开床头柜的抽屉，拿出了九岁生日时拍的那张合影。

我坐在床边，眯着眼睛细瞧。真不敢相信，那只是三年以前。我觉得像是有一辈子那么漫长。那时我们脸上的笑容多么轻松自在啊。那样自由的笑，我现在已经想象不出了。

那是我童年时代最后的快乐，也是我们偶遇斯图尔特夫人的日子。挠痒痒，追着玩，踢到一位女士的脚，差点儿绊倒……为了表示歉意，我们请他们多坐了一圈摩天轮，还请他们吃了萨赫蛋糕。我们的付出，仅此而已。

而他们礼尚往来的谢意，给了我们新生。

埃尔莎

“孩子们，快点儿，咱们的时间不多。”妈妈轻声催促。

爸爸已经守在门口、盯着街上的动静了。我肩上背着帆布背包，手里拎着一个袋子——只能带这么多。除了一些实用的东西，我还想办法塞进了两件最喜欢的裙子、一双亮晶晶的鞋。我可不能丢下它们。

我不知道有没有落下什么。我怎么可能知道呢，我都说不清要离家多久。所以我干脆不想了，跟着大家出了门。

我们走进漆黑的夜里，爸爸轻轻地关上了大门。我们四个人像田鼠似的，在街上匆匆赶路。

在去往火车站的路上，我幻想着种种场景，来减轻心里的伤痛。

过去的三年其实是一场梦。我马上就要醒来了。我会发现，自己回到了维也纳。不，我根本没有离开那儿。

再拐一个弯就能看见利奥和麦克斯。他们也会一起走。我们三个到了英国之后可以住在一起。

格丽塔会在火车站等我。

全城所有的“犹太人禁入”标志都会消失。没有人憎恨犹太人。这一切都是一场非常可怕的噩梦。只要到了车站，就会有人告诉我们，一切都不是真的，是梦，是梦……

可这些都没有发生。

爸爸走在前面，不停地四下张望，仔细检查每一个角落，等确认没有异样，才示意我们跟上。我们跟在后面，速度比平时慢了些，因为奥托的腿有些不适。每当他压力大，或是累了，就会跛得更厉害。所以我们越发小心翼翼，蹑手蹑脚地穿过街巷。

终于，我们到了。布拉格火车站熙熙攘攘。妈妈无法再强装镇定了。眼泪从她的脸颊上淌下来，她都顾不上擦一擦。她一只手紧紧拉着我，另一只手拽着奥托。

“亲爱的，我的孩子，我的孩子，”她不停地说着，“我爱你们，我永远爱你们。”

那就不要送我们走啊。话到了嘴边，但我最终还是没有说出来。

爸爸朝我们招手，张开了胳膊。我和奥托扑进了他的怀里。

“我们很快就会再见面的，一定，一定！”他激动地说道。妈妈也抱住了我们。我和哥哥被夹在爸爸妈妈之间，就像缩在安稳的茧里。“我们会一直想着你们的，每一天，每一小时，每一秒，一直想着，不停想着。”

我的眼泪浸湿了爸爸的外套。妈妈抽泣得不停发抖。

这时——

“鲍尔先生！鲍尔先生！”有人喊爸爸。

我们转过身，看见一个男人跑过来。我认得他，他是爸爸的朋友雅内克先生。

去年，爸爸参军抵抗希特勒时，他们曾并肩作战。他来过我们家，是为数不多的还愿意互相走动的朋友之一。几个星期前，他和另一位朋友哈维尔先生来找过爸爸。我去厨房的时候，看见他们坐在沙发上，彼此握着手。不过，他们一见到我就佯装无事。后来，我去问了妈妈。

“纳粹不只憎恨犹太人，”妈妈痛苦地说，“所有不符合他们所谓‘人种净化论’的人，他们都恨之入骨。哪怕打着‘爱’的旗号，‘恨’也还是‘恨’。”

我当时并不理解这话是什么意思，但我知道，雅内克先生和哈维尔先生是爸爸妈妈的朋友。现下，“朋友”太难得了，所以我毫不迟疑地把他们也当成了我的朋友。

雅内克先生跑到了我们跟前。前方候车的人群似乎开始散去。出什么事了？

“火车……走不……了。他们不准……开车。”雅内克先生气喘吁吁地说道。

“为什么？”爸爸问，“等下一趟行吗？”就在他说话的时候，大批人群从我们身边经过，纷纷离开，大人泪流满面，孩子们跟在后面跑。

爸爸等不及雅内克先生缓过一口气，就抓住旁边一个带着三个孩子的男人，问他：“怎么了？出什么事了？”

“你们没听说吗？”那位父亲紧紧地拉着三个孩子中最年幼

的一个——小姑娘背着一个小包包。

爸爸转向雅内克先生。“菲利普，到底怎么回事？”他问道。

“取消了，”雅内克先生说，“火车停运了。儿童专列没有了。”

“取消？停运？”妈妈问，“为什么？”

“因为战争开始了。”

我一听到“战争”这个词就开始反胃，我觉得我要吐了。

“火车不能再运行了，这对孩子们来说太危险了。快回家去吧。快走吧。”

“回家干什么啊？”妈妈的声调一下子高起来了，几乎是在尖叫。

雅内克先生摊开双手。“我没办法解释，”他说，“所有人都不知道以后会怎么样。但你们得快点儿，趁掌权的人还没来，赶紧回家。躲起来，等待。这是你们唯一的选择。”

爸爸跟雅内克先生握了握手。“谢谢你，你尽力了。”他说，“感谢你为我们做的一切。”

“真抱歉没能让孩子们顺利成行，”雅内克先生说，“你是我的救命恩人。去年要不是你拼命一搏，我早就不在了。我真的很想报答你。可是，对不起。”

爸爸伸出手揽着雅内克先生，两个人紧紧地拥抱，好一会儿才分开，各自擦掉了眼泪。这一幕让我心碎。我从来没见过爸爸哭。从来没有。一次也没有。我们离开维也纳，他没哭。去年他离开我们去参军，他也没哭。

可是现在，他哭了。我心里突然泛起了恐惧，就像一条毒蛇在窜动。

终于，爸爸拍了拍雅内克先生的胳膊，然后转过身。“来吧，”他张开双臂，把我和哥哥揽到身边，“咱们回家。”

我们在漆黑的夜色里往回走，妈妈勉强振作精神。“咱们得往好处想。”她努力挤出笑容的样子反而叫我更悲伤了。她心口不一，脸上的神情骗不了我。

“往好处想？”爸爸试探着问。

“咱们还在一起！咱们会一直在一起，一家人不分开。不用道别了。至少今天，我不会心碎欲绝了。”

爸爸拉起她的手，温柔地说道：“这确实是好的一面。”

他停下步子，转过身，蹲下来，看着我和奥托。“你们的妈妈说得对，”他说，“咱们还在一起。我们想把你们送到安全的地方去，但没能成功。今晚……很遗憾。所以，从这一刻起，咱们彼此许下承诺：无论面对什么，咱们都是一家人，是一个整体，绝不分开。妈妈和我会对你们坦诚相待，跟你们有关的决定，也会让你们参与讨论。我们的国家陷入了战争，战争会改变一切。”

“或许，打完了仗，犹太人就能和其他人一样，想干什么都行了。”奥托说。

爸爸伸出手，捏了捏他的下巴。“没错，正是这样，”爸爸说，“这个世界绝不会放任希特勒为所欲为的。”

“所以咱们就暂时忍气吞声吧，让干什么就干什么，不要出头，不要惹事，耐心等待，总有一天会结束的。”妈妈说。

“没错，”爸爸说，“不知不觉中，这一切就结束了，到时候就可以开始新的生活了。只是决不能让任何人拆散咱们。无论发生什么，咱们一家四口都要一起面对。大家同意吗？”

我们都答道：“同意。”

走在街上，我的脑海里塞满了幸福的念头。我不走了。我不用离开爸爸妈妈了。世界会阻止希特勒的可怕恶行。

到时候，我就可以再骑上我的自行车了，可以去游泳，还可以去公园！我原本想都不敢想，还有希望能再碰一碰这些乐趣。

尽管外面很黑，街上很冷、很潮湿，我还是满面微笑、蹦蹦跳跳地往家走。

一切都会好起来的。我全身从里到外都能感觉到。我等不及要去找格丽塔，我要赶快告诉她。

利奥

到达德国边境时，火车停了，卫兵上车检查。他们闯进我们这节车厢时，我紧张得嘴巴发干，连呼吸都费劲，更不用说咽唾沫或者讲话了。

妈妈递上了护照和签证文件。卫兵一打开姓名和照片那页，大大的红色字母“J”就刺目地跳了出来，说明我们需要“特殊关照”。

他戳了戳旁边的哥们儿。“犹太人。”他的声音里充满了厌恶，好像这个词其实是“狗屎”。可能在他看来，我们真的像狗屎一样脏。

另一个卫兵拿过文件，翻来覆去地看了有一个小时，然后抬头看着我们，伸出拇指指着车厢门。“坐错车厢了。”他说。

妈妈瞥了我一眼，然后看向那个卫兵。“坐错车厢了？”她重复道。

“离开这节车厢。”卫兵冷冷地说。

“可是……我们有文件啊。”妈妈说，“这两个座位我们买了票。我们坐在这儿是合法的。”

卫兵跨近一步，近得口水都喷到了妈妈的脸上。“你们是犹太人。犹太人的一切都不合法。”他恶狠狠地说道。

我拽着妈妈的胳膊轻声劝道：“走吧，照着做吧。”

妈妈叹了口气，去拿她的箱子。我先帮她拿好箱子，然后拎起我的，跟着她走到了车厢门口。卫兵的检查仍在继续，但面对其他人，他们都是翻看几秒钟就微笑点头地递回了证件。

“那我们该去哪儿？”妈妈问。

“最后一节车厢。”卫兵答道，连头都没回一下。

“快点儿，”另一个卫兵说，“两分钟后开车。我们可不等犹太人。”

我们匆匆下车，来到月台上。

只见最后一节车厢上挂着个牌子，上面写着：“狗、犹太人和吉卜赛人。”

妈妈看着我，这耻辱让她脸颊通红。

这时，汽笛响了。

“妈妈，走吧，进去吧。至少咱们还在这趟火车上啊。”我说。

她拉开车厢门，我们往里瞧。

角落里挤着一男一女。女人穿着紫色长裙和白色衬衫，头上裹着一条黄色的头巾。她怀里抱着一个小孩。

男人穿着棕色长裤，白衬衫外套着马甲。他的脸上满是胡茬儿，看起来黑乎乎的。我们开门时，他稍稍抬了抬头上的贝雷帽，点头打了个招呼。我爬上车厢，他立刻站到了我身边。

“我来帮你吧。”他说着伸出手，接过妈妈的包，扶她上了车。

我们身后的车厢门砰的一声关上了，四周霎时一片漆黑。

“来，到这儿来。”那个男人说道。我们跟着他，摸索着在他和他妻子旁边坐下了。

等眼睛适应了黑暗，我才看见车厢的一侧码着一排排的板条箱——大部分是空的。离我们最近的箱子里关着一条拉布拉多犬，正像孩子似的呜呜地哀嚎着。整个车厢里都没有座位。

“你们是犹太人吗？”那个女人匀出自己的毯子，让妈妈能坐在地板上。

妈妈表情僵硬。这样的问题后面通常都跟着种种攻击，她做好了准备。“是又怎么样？”她问。

那个女人扶着妈妈的胳膊。“我们是朋友，”她轻声说，“我们是罗姆人。纳粹嘴里的吉卜赛人。”她指指那些狗笼，又指指此刻我们所在的这节冷冰冰的车厢，“我们的处境和你们一样。我叫吉西，他是我的丈夫迈里克。”

火车隆隆向前，妈妈和吉西夫妇轻声交谈。他们和我们一样，也要到荷兰去。罗姆聚居区的朋友们帮他们弄到了担保和签证，他们便动身投奔。

我和他们一起坐在黑暗之中，突然想起了埃尔莎。她现在身在何处呢？我们的联系越来越少，自从希特勒占领捷克斯洛伐克之后，就完全断了消息。我每一天都忧心忡忡地醒来，扛着忧虑熬过一天，到了晚上，再抱着它入睡。除了爸爸，我最担心的就是埃尔莎。但愿布拉格的情况不像维也纳那么糟糕。

我也会想到麦克斯，但不太担心他。他搬到慕尼黑之后，我给他写过很多信——他走之前，把地址偷偷告诉我了——但他一封也没回过。我猜他一定是太忙了。但愿是因为这个。我不想胡思乱想，用别的可能性来折磨自己。再说，他不是犹太人，这应该意味着他是安全的吧。可谁说得清呢。

我坐在地板上，尽量让自己舒服些。我旁边就是那个装着狗的板条箱。我给拉布拉多取了个名字，叫班吉。我把手从箱子的缝隙里伸进去，抚摸它的金色皮毛。它立刻就不叫了，鼻子凑上来闻闻，倚着箱子一侧轻轻地摇尾巴。

终于，火车停了，我们听见车厢门纷纷打开的声音。我们这节车厢没有窗户，所以不清楚到底怎么回事。不过，火车停留的时间比较长，月台上的动静传了进来。

我和妈妈站起来，掸掉身上的灰尘。“多谢你们陪了我们这一程。”妈妈对我们的新朋友说道——他们现在也是我们仅有的朋友了。她和吉西彼此拥抱，而迈里克跟我握了手。

“祝你们好运。”他说。

接着，车厢门猛地打开了，日光刺目，我连忙抬起胳膊遮住了眼睛。

一个卫兵抓着我的胳膊。“下来。”他说。

妈妈和我跟着他走出车厢，沿着月台来到一幢很多人排队的小楼前面。

我们站在队尾，有些茫然。事发突然，我都没看懂这是要干什么，也没看清卫兵把吉西、迈里克和他们的孩子怎么样了。

“不好意思，”妈妈问排在我们前面的一对夫妇，“这是什么地方？”

他们一转身，我就认出来了，我们最初和他们在同一节车厢里。那个女人故意吸了吸鼻子，一脸不悦地从口袋里掏出纸巾，捂住了鼻子。

那个男人简单地答道：“海关。”然后就挽住他妻子，转过身去，不再理睬我们了。

“我们只是有个犹太人的身份，”我压低声音说道，“别担心，不会有事的。”

在前面，似乎只要出示护照和相关文件，就能被带到对面的月台上，等待登上火车继续行程。

“边境，就是这儿。”妈妈说。我们前往英国的第一站，就是这里。只要再走几步，我们就能离开德国了。尽管千里迢迢，受尽旁人白眼，妈妈此刻还是压抑不住声音里的兴奋。

队伍移动得很快，不一会儿就轮到我们了。和上次出境时一样，妈妈递上了我们的文件。卫兵盯着那些文件，一字一句地读着斯图尔特夫妇签了名的信，一寸一寸地检查我们的签证，上上下下地打量我们，仿佛我们是什么污秽不洁的东西。

他朝着右边的隔间努努嘴。“去那边。”他说。

其他乘客都被引向左边，跨过一道门就能被带往对面的月台。我们要等的火车就停靠在那儿。我环顾四周，想看看吉西和迈里克带着孩子去了什么地方，可一直没找到他们。

希望他们平安顺利。

“我们要去英国，”妈妈说，“取道荷兰再乘船。我们必须得赶上那趟火车。”

卫兵看着她，那眼神就像突然有一只动物开口跟他顶嘴似的。用不着提醒，对他来说，可能我们就是动物，会说话的动物。

他又指了指隔间。“去那边。”他吼道。

我们没得选。至于周遭的白眼和讥笑，我们都没注意，早就习惯了。我们离开队伍，到隔间里去，把箱子放在地上，坐在长凳上等待。

几分钟后，另一个卫兵进来了。和其他人一样，他也穿着棕色的制服，皮带锃亮，上面挂着枪套，枪套里装着枪。“起来，”他说，“不准坐。”然后他指着我们的箱子说，“放到长凳上，打开。”

犹太人连坐一下都不行了？我把箱子拖上长凳，将它打开，然后站在旁边。妈妈也这么做了。就连行李都比我们受优待。

卫兵把所有东西都拿了出来，衣服抖开来回翻查，纸张扔得到处都是，地上摊满了私人物品。他翻到一条小毯子时，妈妈突然紧张起来了。她为什么这么在乎一条被虫蛀过的旧毯子呢？

我想起来了，她把她的婚戒缝进了毯子里。就是这一条。我靠近她，用小指钩住了她的手指。所幸卫兵什么都没发现，把毯子扔到一边，开始检查我的箱子了。

他照例翻查了所有的东西。我屏住呼吸看着他，脑海里只有一个念头：别的东西随便你处置，但千万别拿走那张珍贵的合影。

他很快就翻够了。我的照片仍然好好地夹在书里。

我们以最快的速度收拾好东西，然后合上了箱子。我略略松了口气：还不算太糟。

这时，卫兵又发话了："把衣服脱了。"

妈妈看着他，没动。他一只手拉上隔间里的帘子，一只手掀开自己的夹克，提醒我们：枪套里有枪。"你去那儿。"卫兵说。妈妈这次没有争辩，默默地走到了帘子的另一边。

"还有你。"他拉上帘子之后冲着我吆喝。

我飞快地脱掉了衣服。卫兵拿起我的衣服仔细检查。我哆哆嗦嗦地站着，不知道自己为什么发抖：因为冷，还是因为怕？我答不出来。

"转身。"卫兵说。我照做了。他把衣服扔给我。"穿上吧。"他说完就走到帘子另一边去，以同样的方式，羞辱我的妈妈。

终于，我们可以离开这个隔间了。

"我们现在该去哪儿？"妈妈问道。她穿上大衣，拎起箱子。

"下地狱去吧。"卫兵说完就走了。

我们得到了"许可"，连忙跟着其他乘客往对面的月台上跑。

"妈妈，快点儿。"我催促道。一个男人站在月台上，吹响口哨，列车准备关门了。

我们冲向火车，赶在卫兵之前摸到了最后一扇还没关闭的车厢门。我把我们的箱子扔上去，自己先爬进车厢，然后伸手把妈妈拽了上来。

就在这一刻，车厢门关上了，汽笛响了，火车动了，我们出发了。

我和妈妈相视而笑。我们顾不得之前的种种磨难，张开双臂搂住对方，手舞足蹈地又是跳、又是笑。

这一刻，要是爸爸也在，该多好啊。

爸爸，我听你的话，我全做到了，我在心里对他说，我和妈妈安全了。

我忍不住露出笑容。笑啊，笑啊。我们成功了。我们越过了边境。我们离开了德国。纳粹再也不能践踏我们的生活了。

1940年

麦克斯

麦克斯在自己的房间里擦靴子、梳头发、捋平短裤上的折痕，花的时间比往常更多。今天是个特殊的日子，他知道事事稳妥有多么重要。

“好了吗？”他的父亲站在门口问。

“马上就好，父亲。”

“快点儿。五分钟后准时出发。我可不想跟司机解释说都是因为我儿子才让他等了这么久。”

“绝不会有那种事的，父亲。”麦克斯保证道。父亲匆匆一点头，就关上门走了。

麦克斯瞟了一眼镜子，再次检查：头发梳得整整齐齐，希特勒青年团制服衬衫的扣子扣得板板正正，领巾翻平拉直。他把纳粹臂章戴到袖子上，立正站好，然后猛地伸出右臂，对着镜子里的自己喊了一声：“希特勒万岁！”

好了。他准备好了。

车程将近一个小时。自从搬到慕尼黑以来，麦克斯还从没有去过这么远的地方呢。

更重要的是，他从来没有去过父亲工作的地方。之前跟朋友们提起时，大家都羡慕极了。

“这也太不公平了，”他的朋友汉斯抱怨道，“你怎么就有这么位高权重的老爸呢！”

麦克斯耸了耸肩。“我只是运气好罢了。”他说。

他确实感受到了前所未有的好运。上个星期，希特勒青年团周末集会时，他因为行军队列干脆利落而受到了赞扬。他带领自己的队伍赢得了接力赛，还在生存技能训练中荣获了一枚新的徽章。他现在很受欢迎，朋友屈指可数的日子几乎忘光了。现在，父亲将领着他深入纳粹统治的一线，他总算要投入实实在在的工作中去了。

可不就是“好运”嘛！

汽车在门外停下了。几扇大门都被重重锁住，士兵在两侧巡逻，他们肩上扛着步枪，眼睛像鹰隼般锐利地四处扫视。正中央的大门上方有几个字：劳动使人自由。

“到了。”他的父亲打开车门，示意麦克斯一起下车。

大门口的士兵看到麦克斯的父亲，都啪地并拢脚跟，站得笔直，叫道：“希特勒万岁！”麦克斯的父亲也以相同的礼节回应。麦克斯站在他身边，伸出右臂，父子二人齐齐吼道：“希特勒万岁！”

其中一名士兵一边开门一边笑。“看样子，今天有新警卫来。”他指了指麦克斯。

麦克斯的父亲打量了他一番，然后轻描淡写地说：“有朝一日吧，等他成了真正的男子汉再说。”

麦克斯挺起了胸脯。在父亲眼里，他还不是男子汉吗？为什么？不管怎么说，也接近了吧。天哪，他已经满十二周岁了。他不是小屁孩了！人人都看得出来！怎么偏偏他的父亲还把他当成小孩子呢？

麦克斯决定冒一次险。“我也希望如此，长官。”他一撞脚跟，立正站好——这都是他在青年团学会的。

那个士兵又笑了。“瞧你那样子，”他说，“用不了多久你就能加入我们了。到时候我一定好好带着你。”他拉开大门，请他们进去，“欢迎莅临达豪。”

麦克斯跟着父亲走进大门，门上的那句话仿佛有魔力一般。他感到自己充满了干劲儿。

他们沿着一条水泥甬道往前走，两边都是长长的白色建筑，墙上开着小小的窗户。

“到了，我得先处理些文件。”他的父亲打开一扇门进去，又拐进一间不大的办公室。他指着角落里的一张椅子吩咐道：“坐着，别出声，等我忙完了就带你四处看看。”

麦克斯听话地照做了。他看见很多士兵走进办公室，拿着各种各样的表格，让父亲检查、签字。他听见父亲厉声下令，那些士兵便忙不迭地去执行。

“是的，长官！希特勒万岁！”他们立正、行礼，然后匆匆离去。

麦克斯一直知道父亲是个人物，但今天观摩他工作，才发现，自己根本没想到父亲有多重要——这么一大片地方都归他管！

看着父亲工作——高效、思路清晰、赢得所有下属的尊重——麦克斯暗暗发誓：总有一天，他一定要像父亲一样厉害。

“好了。”文件处理完了，父亲从座位上站起来，看了看手表，“中午了。想看看我们这儿怎么点名吗？”

“想看！”麦克斯跳起来，跟着父亲出了办公室，沿着那条水泥甬道往前走。

右边，每隔一段距离，就矗立着一根柱子。柱子之间连着一排排带刺的铁丝网，麦克斯放眼望去，没有看到尽头。

“躲远点儿。”麦克斯的父亲注意到儿子的目光，提醒他，“带电的，碰了就会死。”

麦克斯看见一队队的警卫沿着铁丝网走来走去。他生怕有人会不小心绊倒，撞在网上电死。

父亲没有停留，麦克斯紧跑几步跟上去。他们拐了个弯，来到了营地中央的大操场上。麦克斯看见远处还有好多排低矮的建筑。

“那是劳工们住的地方。”他的父亲说。

“劳工？”麦克斯问，“是当兵的吗？”

他的父亲嘴角微微一动，像是要笑，但随后就摇摇头说：“士兵可都是忠诚的纳粹。劳工是犯人。他们都是对社会毫无用处的东西。犹太人，波兰人，吉卜赛人，犯了事的。把他们关在这儿，既能保护其他人，又能物尽其用。让这些害虫远离大街小巷，正是为德国人民服务。”

“我明白了。”麦克斯已经学会在听到这类话的时候保持平静，即便他心里有所震动。时间久了，次数多了，震动便越来越轻微，埋到了更深的地方——深得他自己都分辨不出，这样的话有什么不对劲。

他也不再纠结于这些话是否适用于他的老朋友。忽略它、不去想，更容易。

“他们来了。”他的父亲说。

麦克斯看见一大群人从牢房里涌出来，排着队往这边的操场走。党卫军士兵守在队伍的两边，紧盯着劳工们的一举一动。大多数士兵的步枪都背在肩上，有几个则端着枪，指着那些劳工。士兵们都穿着制服，威风极了，他们从面前经过时，麦克斯不由自主地绷紧了身子，站得更直了。为了像他们一样威风凛凛，麦克斯付出了很多努力，他希望他们能看到自己。

夹在士兵中间的人，可就完全称不上威风了。他们数量很多——几百人，可能更多。他们没有帅气的靴子，走路时也没有把腿踢高，身上的囚服又破又脏。他们似乎已经完全不在意威风与否了。麦克斯完全赞同父亲的评价：真正的德国人就是比这些人优越。

麦克斯看着这些人渐渐走近，然后服从命令，停在了他和父亲的正前方。

父亲任由他们干站着，也不说话，只是静静地看着他们，看了好几分钟。突然，毫无预兆地，他大吼一声：“开始点名！”

劳工们立刻开始报数，一个接一个地报。如果有谁声音不够响亮，或者迟疑了片刻才出声，离他们最近的警卫就会抡起步枪打下去。

麦克斯看见有个人肚子上挨了一枪托，疼得倒在地上。他忍不住倒吸了一口凉气，随后本能地瞥了一眼父亲，生怕让他听见。还好，不用担心，他的父亲正全神贯注地盯着那些囚犯呢。他的父亲眼睛瞪得大大的，像燃着火；脖子梗着，额头上布满了汗珠。

点名似乎无休无止，好不容易才等到父亲点头。“好了，带走去吃午餐，”他对一名士兵说道，“可别给太多。不能让他们现在就胖起来，对吧？”他说着哈哈大笑起来。其他人也跟着一起笑。麦克斯没听懂这几句里的笑话，但他也笑了，因为这样才能显示出自己知道父亲有多风趣。

“走吧，”父亲说，“咱们另有地方吃午餐。”他说着往主楼走去。

这时，麦克斯发现自己脚上的鞋带松了，他连忙弯下腰去系鞋带，想在父亲发现之前系好。囚犯们纷纷散开，从他身边走过，去领自己的那份午餐。小小的锡碗里装着冰冷的稀粥。

麦克斯起身时，看到了其中一名囚犯。

“麦克斯？”这个人叫他。

麦克斯心里一凛。这个又脏又臭的囚犯怎么会知道他的名字？麦克斯端详着眼前的这个男人：脸色苍白憔悴，满是伤痕，蒙着尘垢；丑陋的灰色囚服挂在他身上，晃晃荡荡的，像大号的睡衣；脏手捧着碗，碗和手一样脏。麦克斯从没见过这么叫人恶心的人。

然而，他身上有着某种似曾相识的感觉。

来到达豪以来，有一样东西是所有人都没有的，但此刻，麦克斯在这个囚犯的脸上看到了。是微笑。他的牙齿有的黑，有的烂，有的干脆脱落了，但他仍然在笑。

“麦克斯，是我啊，”他说，“我是格伦伯格先生啊。”

格伦伯格先生？这个姓氏像一块巨石从山上滚下来，直直砸中了麦克斯。他是利奥的爸爸！

不不不，不可能。一定是认错了。利奥的爸爸一向是镇上穿戴最讲究的。和眼前这个人相比，他要胖上一倍，牙齿也要多上一倍。他从来都是干干净净的，绝不可能穿着掉了扣子、沾着污泥、大小不合适的衣服出门。更不可能没穿鞋、光着脚！

他不可能在这儿。他怎么可能沦为阶下囚呢？人人都喜欢他，人人见了他就笑。绝不可能是他。绝不可能。

可是，那笑容——即使一半牙齿烂了，一半牙齿掉了——还是很熟悉。他的眼睛——在污秽糟烂之中，在达豪的晦暗阴郁之中——仍然亮晶晶的，就像一簇光在尘埃中跃动。

“你应该还记得我吧？”格伦伯格先生说。

这时，麦克斯的父亲转过身：“麦克斯！快点儿！”他吆喝了一声就继续往前走。

来不及思考，来不及羞愧，麦克斯凭着本能做出了反应。就像上一次在礼堂里目睹好友遭受羞辱时一样。

他躲开了这个蓬头垢面的男人。“我不认识你，”他摇摇头，

“你认错人了。”

他拔腿就跑，然后跟着父亲来到温暖舒适的军官餐厅。他一边吃，一边从脑海中剔除各种念头：利奥、利奥的父亲、原来的学校、过去的生活……统统剔除。这些念头绝不能出现在他的世界里。他用思绪的大门将它们挡在外面，这扇门和达豪集中营的铁门一样大、一样冷、一样硬。

埃尔莎

我本来躺在床上，睡得很沉，可突然听见楼下有动静。

我坐起来揉揉眼睛。门发出砰的一声。声音越来越大。听起来像是家具推来挪去、撞来撞去。

爸爸妈妈吵架了吗？

这个念头很傻。我还从没见过爸爸妈妈吵架呢。就算偶有分歧，他们也不过是安静地讨论讨论，绝不会闹得人仰马翻。

奥托出现在门口，脸色惨白。

“怎么了？”我一边问他，一边掀开被子下了床。

“士兵。”他就说了两个字。

“到咱们家来了？”他点点头，伸出手指压住嘴唇，领着我溜出房间，来到楼梯口，藏在那儿偷听。

“你们不能这样肆意打砸！这是我的家！”爸爸大声抗议。

对方——那个声音我不认得，应该是士兵——答道：“不错，我正要通知你，现在这儿不是你的家了。”

我看看奥托。“不是我们的家了？”我轻声说。士兵的话是什么意思？这儿当然是我们的家啊。

“我要下楼去。我得弄清到底怎么回事。快来。”

我远不如哥哥勇敢，一点儿也不想去面对那些士兵——他们都说这儿不是我们的家了。不过，和一个人留下相比，还是跟着哥哥更好些。我可不想自己孤零零的。于是我只好乖乖地跟在奥托身后走下楼梯，他大步跨进厨房时，我尽量地躲在他背后。

“妈妈，爸爸，出什么事了？”奥托问。

妈妈立刻冲了过来。“快上楼去，”她催促道，“什么事也没有。”

但爸爸伸出胳膊拉住了她。“该让他们知道了，施特拉。”他说，“现在假装无事发生已经没有意义了。”

一个士兵冲着爸爸晃了晃手指。“你们看，”他对另外两人说，“这些愚蠢的犹太人里至少有一个脑子好使的。”

“爸爸，这是？”我问。

他蹲下来，轻声说：“咱们得离开了。”

“离开？”我问，“离开家、布拉格，还是捷克斯洛伐克？”

“离开我们的家。”爸爸说。

“现在就滚。”一个士兵接口道。三个坏蛋全都哈哈大笑起来。

我看见奥托绷紧了下巴，拳头捏得紧紧的。我拉住了他的手。

“咱们得去别的地方暂住一阵子，”妈妈走过来，拉住了我的另一只手，“不是说好了嘛，一家人不分开。只是另寻个住处，别怕。”

“为什么就不能留在这儿？”我也不想抽抽搭搭地发牢骚，可话就那么说出来了，“这儿是咱们的家啊。”

“现在不是了，”士兵说，“你们犹太人没有房产了。谁叫你们非要住这么好的房子呢？犹太人配吗？再说，这个地方离总部挺近，给我们住正合适。”

“你们不能夺走我们的家。”奥托对那些士兵说道。

另一个士兵走了过来。我哆嗦着往后退了一小步。“有什么不能的，”他紧盯着奥托的脸，冷笑着说，“我们想干什么就干什么。”

说完，他又转向我：“我们讨厌犹太人，但不讨厌你们的房子，所以你们得滚出去，懂了吗？”

我吓得连连点头。

他得意地向后瞥了一眼，他的同伴全都笑嘻嘻的。其中一个跳起来坐在了我们的餐桌上——在过去的三年里，我们每一天都围着这张餐桌吃晚餐。他拉过一把椅子，一脚踩在上面，然后伸手抄起了桌上的银质烛台。

从我记事起，家里就有这烛台了，只是小时候不怎么用。我的父母都不信教，我们也就不按照教义里的规矩和仪式做。可搬到布拉格之后，就不一样了。微微的不一样。星期六早上，爸爸只要有空，就带我们去犹太教会堂。每到星期五晚上，妈妈都要在这个烛台上点燃蜡烛，然后虔诚祝祷，也就是祈福。我很喜欢这个仪式，它让我觉得自己属于一个更大的集体。

可是现在，士兵举着烛台问他的朋友：“这个怎么样？当礼物送给海尔格不错吧？”

另一个士兵说：“哦，很好，她一定喜欢极了！”

坐在餐桌上的士兵大笑着要把烛台往袋子里塞。

爸爸走到他面前。“求求你，”他说，“请把烛台还给我们好吗？它是我妻子家族中的纪念，已经传了三代了。”

士兵看着他的眼睛，满不在乎地说：“现在它不属于你们的家族了。”

“求求你，把它留下吧。它对我们意义特殊啊。”爸爸再次央求道。

“这话说得很漂亮。”那士兵细声细气的。有那么一瞬间，我都以为他听懂了、理解了，同意让我们保留这件珍贵的纪念品。可紧接着，他就狰狞地厉声嚷道：“你要明白，你们犹太人不配拥有任何东西！”

他跳下餐桌，把烛台塞进了袋子里。“给你们二十四小时打包，”他说，“我们明天就要搬进来。”

明天？我又要连夜收拾行李了吗？这一次我该带上什么呢？上一次，我还觉得漂亮裙子和亮晶晶的鞋子很重要，小心翼翼地都带上了。可此刻，直觉告诉我，我们要去的地方，用不着漂亮衣饰了。

士兵招呼另外两个同伴，穿过厨房。“一天，只有一天。”走到门口时他又重复道，“明天我们再来。”

士兵们走了。我走向自己的房间，再一次准备把全部生活浓缩进几个包袋里。这时，一个念头在恐惧中安抚了我：

发生了这么多糟糕的事，这幢房子已经全然没有“家”的感觉了，现在要离开它，似乎也就不那么艰难了。

利奥

我站在镜子前练习微笑，努力地让它看起来像真正的笑意。每天早上上学之前，我都会这么做。为了这个离境的机会，妈妈已经放弃了那么多，来到英国后，斯图尔特夫妇也非常慷慨，我没有理由板着脸。

决不能让他们知道，我在学校里有多痛苦。

妈妈和斯图尔特太太在厨房里。她们坐在餐桌边，桌上摊开着一本烹饪书。三个月以来，她们做什么事情都在一起。在我的记忆里，妈妈从没有过这么亲密的朋友。斯图尔特太太一连几个小时地陪着她，教她说英语，带她认识新朋友，帮她适应新的生活。

平心而论，斯图尔特夫妇也为我做了很多事。他们把我安排进了本地学校，把斯图尔特先生的书房改成了我的卧室，甚至花钱请英语老师为我补习，每个星期两次。

我已经能流利地讲英语了，但口音还是改不掉。这正是问题所在。呃，只是诸多问题中的一个。现在，我仍然害怕出门。别人推门而入，会让我打哆嗦。每天早上集会时，我还是习惯性地等着自己被叫出来，站到尽后面去。

这种感觉就像置身于一片雷区，或是一场醒不过来的噩梦。我不知道妈妈是不是也这样。我不能问她。我不想让她发现我撑得多艰难，不想让她忧心。

偶尔，我会把忧虑抛在脑后，提醒自己：这里是英国，我们安全了。这些时刻就像溺水的人拼命地大口吸气。可总会发生点什么，把我再次拖回噩梦里。

比如，学校里其他男生的戏弄嘲笑。

“我去上学了，再见！”我站在门口，脸上堆着练好的微笑。

妈妈从桌边站起来，走过来亲了亲我的脸颊：“祝你今天也开心，亲爱的。”

“当然，我每天都很开心！”我这“开心”的语气也事先练了好多遍。

“好孩子，看见你开心我就放心了。”她说。

我又笑了笑。我不能再开口了，再开口，真话就要跑出来了。

像每天早上一样，妈妈向我挥手道别，我也向她挥挥手，然后就沿着小路往前走，去等公共汽车。

也像每天早上一样，麻烦从车站就开始了。

“嘿，看呀，德国佬来啦。”一个男孩说道。他叫蒂姆，是所有男孩里个子最高的，一头金发近乎白色，蓝眼睛很漂亮。他是我们这个年级最受欢迎的男生之一。这意味着，所有人都会模仿他，迎合他。

自打我来，蒂姆就跟我过不去。一开始，我听不懂他说的话，但我很快就掌握了英语，随之而来的缺点就是，他每次见面时的侮辱，我都能听明白。

“你今天怎么样啊，杰瑞？”蒂姆的哥们儿罗伯特说。

“我不叫杰瑞。”我低着头咕哝一句，默默地往车站走。

蒂姆伸出胳膊行了个纳粹礼。“胜利万岁！我，弗（不）叫，杰瑞。蜡（那）个，弗（不）是，我的名字。”他夸张地模仿我的德国口音，惹得其他男孩哈哈大笑。“你要是敢叫我‘蜡（那）个嫩（谁）’，我饶不了你！”

他们笑得更欢了。

一股怒火冲了上来。你知道你错得多离谱吗？我想大吼着质问他。你的敌人也是我的敌人啊，你懂吗？

可不管我说什么，他们都只会变本加厉。所以，我摆弄着校服下摆，盯着人行道，一声不吭。

“得了，杰瑞，我们只是闹着玩儿嘛。”另一个名叫丹尼尔的男孩碰碰我的胳膊。

“我不叫杰瑞。”我坚持道。

“可你是德国人。德国是我们的敌人，我们就这么叫德国人。”丹尼尔说，“这是绰号，不是针对你一个人的。”

幸好公共汽车来了，男生们上了车，各自坐下。我总算能松口气了。暂时的。

我躲躲闪闪地穿过过道，心里暗暗思忖。

在维也纳时，人人都讨厌我们，因为我们是犹太人。到了这里，人人都讨厌我们，因为我们有德国口音。到底有没有一个地方能接受我，让我安稳地待着？我只是利奥啊。如果我告诉他们我不是德国人，我是犹太人，还是因为这个讨厌我吧，他们会怎么说呢？

这样好像也好不到哪儿去。

公共汽车上只剩一个座位了。在丹尼尔旁边。和其他人相比，丹尼尔是最不可怕的。

“你别放在心上。”他压低声音，不让别人听到，“你越生气，他们就越起劲儿。你得做出满不在乎的样子。跟他们一起笑。骂回去。和大家一样，大家就接受你啦。”

“可是我和你们不一样。”我说。

“呃，你确实有点儿口音，”他说，“可那有什么大不了的？”

我摇摇头。“不是因为这个。”我的声音更小了，“我是犹太人。”我实在憋不下去了。

丹尼尔瞪着我。糟了。唯一一个对我口下留情的男生，也让我推开了。我心里一阵恐慌。万一丹尼尔是纳粹怎么办？万一其他男生都是纳粹，怎么办？情况会不会急转直下，变回维也纳、捷克斯洛伐克和德国的模样？希特勒会不会进军英国？如果真有那一天，一切可就全完了。

我的手心热乎乎、滑腻腻的，全是汗。我正想告诉丹尼尔，我刚才是说着玩儿的，他却靠得更近了。“我也是。”他说。

我一下子张大了嘴巴——用力太大，都有点儿疼了。“什么？”我惊讶极了，“你是犹太人？”

“镇上没有犹太教会堂，所以也就没有什么大的组织。不过，我们星期五晚上会点蜡烛，逾越节时也不吃面包。”丹尼尔耸耸肩，“我是犹太人，这有什么大不了的？”

“可是……可是你和其他人一样啊！他们不嘲弄你，不欺负你，还把你当作小团体的一员！”

丹尼尔做了个鬼脸。“和他们一块儿玩儿怎么啦？”他说，“身为犹太人又不是犯罪。”

我差点儿当场笑出来，他是真的一无所知啊。他完完全全不知道，在我们过去的生活里，身为犹太人，就是犯罪。

不过，反过来想，一无所知的，可能是我。是我始终不敢真真正正地相信，可怕的日子过去了，身在英国很安全。丹尼尔说得对，我什么也没做错，为什么总表现得很心虚似的？

生活必须掀开新的一页了。

我必须提醒自己，我很安全。我们逃出生天了。我们已经来到英国，什么也不用怕。

于是，我冲丹尼尔笑笑。“是啊，没错，”我说，“身为犹太人不是犯罪。我是说着玩儿的。”

“嘿，这才对嘛，”丹尼尔说，“多笑笑。要是有人对你说了蠢话，你就以牙还牙，把他气疯了才好呢。用不了多久你就合群了。”

一直到学校，我和丹尼尔都坐在一起。我们一起签到，上课传纸条，开大会时推来搡去地闹……我发现自己拥有了多年来缺失的珍宝，麦克斯和埃尔莎从维也纳带走的东西，又回来了。

我有了一个朋友。

1941年

埃尔莎

我们现在住的地方还不太糟。我们搬到了贫民区的一幢廉租公寓里。我们算是第一批搬过来的。就像那些纳粹士兵说的，我们不走运，自家房子刚好离他们的总部很近，所以早早就被赶出了家门。

布拉格的其他犹太人也没能拖多久。一整年来，他们被迫抛家舍业，辗转来到这样的廉租公寓里勉强度日。和这么多犹太人挤在一起，颇有些诡异的趣味，好像我们同属于一个大家庭，共同组成了一个超大社区。在这里，最棒的要数：

1. 家人们一直都在身边。

2. 格丽塔也在。我们到这儿几个月之后，她和父母也来了。我们住在同一幢楼里，只隔着几层楼，随时都可以见面。

3. 我和格丽塔养了一只小流浪猫，给它取名“菲利克斯”。它可爱极了，总是在外面等着我们，一看见我们就喵喵叫，还高高地弓着背，让我们抚摸它。它全身乌黑，只有四只小爪子是白色的，像穿了袜子似的，鼻子上还有一个小白点。除了家人、格丽塔，以及利奥、麦克斯（虽然再也没有音讯，但我仍然爱着他们），菲利克斯是我在这世上最爱的宝贝。

住在这儿，也有很多糟糕的地方：

1. 拥挤。太拥挤了。我们一家和另外三个家庭合租一套三居室的公寓，三间卧室各挤了一家人，还有一家子只好住客厅。这么多人，只有一个浴室可用。不知道还有多少人家也这么难受。

2. 老鼠。（虽然菲利克斯偶尔能进来帮帮忙，但老鼠还是很多。）

3. 没有洗衣服的地方。所有东西都脏兮兮的。

4. 一直饿肚子。因为犹太人找不到工作，所以我们在吃上能省则省。我和格丽塔还得把我们仅有的一点点食物分给菲利克斯，所以就更饿了。不过我们俩都觉得这很值得，因为喂它的时候，它会蹭我们，还会发出呼噜声，以示感谢。

不过这些都还好。真的。每天早上醒来的时候，我都会提醒自己：你很幸运，至少还有地方住啊。虽然非常拥挤，但还算暖和、干燥。嗯，大部分时候还行。夏天不太糟，可现在秋夜渐长，冷风一个劲儿地往墙里面钻，而且还老是下雨。

反正，头上有一片屋顶，这就挺好的了。而且，我们全家人都在一起啊。

妈妈爸爸都觉得有个朋友陪着我是件大好事。所以格丽塔和我一有机会就到对方的家里碰面。我们无话不谈，就像以前一样。

有时，我都不敢相信我们才认识几年而已。我觉得我们像是相处了一辈子似的，几乎就是亲姐妹。

“你长大以后想做什么？”格丽塔问。我们坐在公寓外面的围墙上，把小面包块喂给菲利克斯吃。这是我最喜欢的问题之一。

“活着？”我答道。

格丽塔大笑着戳戳我：“别闹，说真的呢。如果可以选择，你想做什么？”

我想了好一会儿，才说：“我不好意思说出来。”

格丽塔凑近了：“说吧，我不告诉别人。”

我耸耸肩：“我只想相夫教子。结婚，生三个孩子，待在家里，做好吃的饭菜。”

格丽塔又笑了。“那你想嫁给谁？”她问，“让我猜猜啊……”

我也笑了。“不是麦克斯就是利奥，”我说，“除非有人来求婚，比他俩更早。”

然而事实是，我已经想不起麦克斯和利奥的模样了。我仍然珍藏着那张合影，将它紧紧地裹在衣服里，然后锁在箱子里。但现在我很少看它，也就很难在脑海里重现他俩的面孔。

我仍然惦念他们。不知道他们是不是也像我一样，搬了很多次家。利奥在维也纳还安全吗？麦克斯在慕尼黑过得快乐吗？他们还会想起我吗？

我们三个，还能再见吗？

想到这些我就会心痛不已。还是聊点儿别的吧。“那你呢？”我问格丽塔，“你以后想做什么？”

她压低了声音：“我要成为地下战士。”

“什么意思？”我问。

“我听说，有些年轻女孩加入了反抗希特勒的斗争组织。她们秘密行事，一直也没有引起怀疑，因为谁都想不到，女孩还敢翻天。你觉得如何？”

我觉得害怕。我不希望格丽塔去做这么危险的事。我不能失去我仅有的朋友。

“我觉得你是我认识的最勇敢的人。”我说。

格丽塔抱了抱我。她把最后一点儿面包渣喂给菲利克斯，然后也抱了抱它。“等我们打赢这场战争、把希特勒赶回他的老家，我就从你那两个朋友里挑一个嫁了。”她说，“咱们一起住在乡下的大房子里，还要养七只猫。”

看着她逗弄菲利克斯，我忍不住笑了。和格丽塔共度的时光，就是我的一切。有她的友谊，我才有“活着”的感觉。

在这个地方熬日子，这感觉就是最珍贵的了。我知道必须珍惜它。

利奥

那是星期六的早晨，因为惦记着要跟朋友们去游乐场，所以我醒得很早。我正把脚伸到床底下找鞋子，就听见妈妈在楼下大喊。

“利奥！利奥！”她大声叫我，“快下来！”

旧日的习惯仍在。我的心怦怦直跳，似乎跳到了嗓子眼儿，往日的思绪再次涌现。

结束了。英国的一切都是一场梦。现在，梦醒了，纳粹发现了我们，来抓人了。我和妈妈没有权利过这样的好日子，即将被拖回原点。

我冲下楼，只见妈妈站在门厅里，一只手捂着嘴，另一只手里攥着一张纸。

“怎么了，妈妈？”我上气不接下气地问，“出什么事了？你还好吧？”

她点点头，举起了手里的东西。那是一个信封。她把手从嘴边拿开，我看见她笑了。“是你爸爸寄来的信！”她说。

信。爸爸的信。不是纳粹兵。不是坏事，是大好事。

我从妈妈手里接过信封，心脏狂跳——因为兴奋，而非害怕。信封上面盖着好几个邮戳，画得乱七八糟的。我们在维也纳的旧地址被粗粗的红线画掉了；标着邮政驿站和日期的邮戳几乎布满了整个信封；在最上面，盖着两个章，一个是纳粹鹰标志，一个是阿道夫·希特勒像。

尽管蒙着层层叠叠的邮戳、红线、转发标记，我还是认出了被盖在最底下的笔迹。

“是爸爸的字！”我叫了起来。我摸着一枚枚戳记，终于找到了紧贴着邮票的那枚。细看之下，震惊不已：信件是1940年寄出的。爸爸的信辗转了整整一年才终于抵达我们手中！

“到厨房去吧，坐在火边，”妈妈说，“暖暖和和地读信。”

我跟着妈妈进了厨房。昨晚发生了空袭，灯火管制持续了将近二十四小时，公寓里一片漆黑，窗帘紧闭。近来，空袭越发频繁了。

我把窗帘拉开一点儿，打开了信封。妈妈把炉火烧旺，拉过凳子。我们坐下来，一起读爸爸的信。

我亲爱的妻子、我亲爱的儿子：

但愿你们能收到这封信。我只想告诉你们，我一切都好。我被送到了一个名叫“达豪”的地方，和很多工友一起干活儿。这里待遇不错。我们干活儿时还能唱歌呢。我们吃得好，穿得好，总之一切都很好。

利奥，你肯定猜不到，我有一天遇见了你的老朋友麦克斯！他问了你的近况，还让我向你转达他最亲切的问候。

当然，我也要向你们俩致以最亲切的问候。咱们很快就会再见面的，我保证。

我永远爱你们。

爸爸

我紧紧地捏着信纸，盯着每一字、每一句，读了又读。一滴眼泪冲出我的眼眶，落在这些字句上，洇湿了墨水。

妈妈轻轻地按住我的手。“小心呀，”她说，“这可是仅有的一封信。”

是啊，仅有的一封信。而且，我读了又读，没发现什么另有深意的暗号。这就说明，信里写得实实在在，也不用避着谁。爸爸很安全，情况还好。

我把信交给了妈妈。想到爸爸离我们那么遥远，那么努力地干活儿，连一封信都要一年才能寄到，我心里难受极了，就像足球砸中了肚子。

但是信里的那些话缓解了我的痛苦。他说他很好，吃得好，能唱歌，还有朋友。而且，他还遇见了麦克斯！跨越千里，跨越数年，我最好的朋友，终于有了音讯。他还惦记着我。

过了这么久，我给麦克斯写的信，他一封都没回过。我还以为再也不会有他的消息了。也许是我记错了地址。也许他也试着给我写过信。这对他来说可不容易。我不是傻瓜，也不再是满怀希望的小孩子。我知道，他爸爸不愿意他跟我扯上关系。

总之，他可能确实写了，但那些信寄丢了。如今我们到了英国，就更联系不上了。

不管到底如何，都无所谓了。知道他还想着我，这就足够了——他还跟爸爸碰面了呢！

下次我再给他写信，要留个新地址，这样就能收到回信了。值得再试一次，对吧！

我踢完球回来就写。我还要告诉他，我交到了新朋友。说不定有一天，大家能见面呢。他肯定会喜欢他们的，尤其是丹尼尔。现在，他差不多就是我最好的朋友。

我看了眼厨房墙上的钟。“妈妈，我得走了，朋友们都等着呢。”

妈妈笑了。那笑容让我的心停跳了一秒钟。我已经很久很久没有见过她这样笑了。笑里有暖意，眼底有爱意，知道爸爸一切都好，就像掀起了一层纱，把一直躲在后面的她露出来了。

“你去玩吧，”她拍拍我的腿，然后把爸爸的信捧在胸口，“有你爸爸陪我就好。”

我站起来亲吻她的额头：“我爱你，妈妈。”

“我也爱你，我的小伙子，”她说，“跟朋友玩得开心点儿。”

“我会的。”我心里知道，这是实话。

爸爸的信让我一整天都感觉暖融融的。我踢球更使劲儿，传球更灵活，进球的时候高举双臂，绕着球场奔跑，放开嗓门儿大喊大叫。

就连踢完球之后，大家玩起打仗游戏，我也不再介意扮演德国士兵了——哪怕站在中间大喊“希特勒万岁”也无所谓了。

毕竟，这只是游戏，大家只是寻开心。我和朋友们在一起，这一天过得很快乐。

埃尔莎

那是星期六的早晨，他们终于来了。

我现在已经很清楚他们是什么人了。犹太居民委员会。他们每个月至少来一次，看看我们怎么样，食物够不够，诸如此类。纳粹选了他们干这种肮脏的勾当，而他们也和我们一样，没有说“不”的权利。设身处地地想，他们也不比我们幸运。比如今天，他们就是带着坏消息来的。

他们和我们一样心知肚明，也许下一个收到坏消息的，就是自己。他们和我们一样心知肚明，自己在纳粹眼里，可有可无。他们和我们一样心知肚明，纳粹专挑星期六——犹太人的安息日——是故意的。故意让他们沦为笑柄，故意提醒我们，生活的权利已所剩无几。

当时，格丽塔在我们的公寓里。我们正坐在一起互相梳头发，用的小刷子是她妈妈带来的。

“你的头发可真好看。”格丽塔一边说，一边小心翼翼地帮我梳着乱糟糟的、打结的头发——这儿根本没有洗发水。

我大笑起来：“好看？打结的拖把好看吗？”

她捏着我的一团头发扯来扯去。“四周全是灰蒙蒙的，只有你的头发是漂亮的红色！”她坚持道。

“可怕的星星也很鲜艳。”我说。从九月开始，所有犹太人都必须在衣服上佩戴一枚黄色的星形标志。我不得不戴，但我极憎恶它。

格丽塔微微瑟缩。“别想那个，”她飞快地说，“不是在聊头发嘛。这可是我的挚爱。”

“原来你的挚爱是我的头发。”我打趣道。

格丽塔停下手里的刷子，绕到我面前来。“其实，不是。我的挚爱是你，埃尔莎。”她望着我，“除了父母，你是我生活里最美好的人。你明白吧，嗯？”

我冲着我最好的朋友笑了。“我明白呀，因为我也有同感。”我说。这是真的。像她这样的朋友，我只有一个。在维也纳，利奥和麦克斯是我别无他求的、最好的朋友。但他们如今不在这儿。他们并不曾与我共同经历这一切——家没了，住在拥挤的破屋里，衣服上戴着耻辱的徽章。正是这些东西将我和格丽塔紧紧地粘在一起。她就像我的双胞胎姐妹。我无法想象没有她的日子。

我正想告诉她这些，她却伸出一根手指说：“还有菲利克斯。它排第一位，顶顶重要。”

我忍不住笑了。每当我想说些感性的话，格丽塔就会逗我笑。这是她的绝技之一。“这是当然！”我故作严肃地说，“任何一只猫都不能跟菲利克斯比！”

就在这时，急促的敲门声响起，把大家都吓了一跳。妈妈和爸爸跟另一家人在厨房里忙着，奥托和一个男孩待在客厅。

过了一会儿，我就听见爸爸招呼我们。“都过来吧，”他说，“他们要见所有人。”

犹太居民委员会的人在客厅里等着。四家人挤挤挨挨。

人一到齐，一个男人就清清嗓子，垂头看着地板，干巴巴地说道：“你们明早就走。廉租公寓要清空。”

我们看着他，直发愣。爸爸率先打破了沉默。“要我们去哪儿？”他问。

“一个好地方，”那人说，“你们还会在一起。一家一家的。那地方很安全。他们保证过。”

他说着，抬头看了我们一眼。我注意到他的眼睛里掠过微光。不知道他昨晚睡得好不好。是不是今天要办的这件事，叫他失眠了。他也只是个为纳粹传话的。规矩不是他定的。等他完成了任务，无疑也会被抛弃，沦落得和我们一样。

“抱歉，”他说，“我只知道这么多。”

爸爸拍了拍他的胳膊：“不用道歉，这不是你的错。”

那人感激地点点头。“你们每人只能带一件行李，”他说，“他们一早就会来。”

几户人家的爸爸们围过去，又聊了几句。妈妈们则把孩子们叫到一起。我觉得自己像一只雏鸟，弱小而无助，不会照顾自己，不会觅食，也不会飞。

格丽塔碰碰我。“埃尔莎，我得回父母那儿去了。”她的眼神失去了光彩，脸上灰沉沉的。

“好。那我……我们明早再见。”

我们拥抱了一下，然后她就走了。我们回到各自的蜗居，不久之后，犹太居民委员会的人也离开了。

妈妈已经开始收拾东西了。我从脏床垫旁边翻出行李袋——我们到这儿之后，四个人就挤在这张床垫上。

在恐惧、慌张和突如其来的忙乱之中，一个念头给我带来了扭曲的安慰：我们现在已经没什么东西了，收拾行李花不了太多时间。

麦克斯

“一，二，三，出！”麦克斯一拍大腿，伸出两根手指，比出V形。

“我赢了，剪刀赢了！”他指着手掌摊平的那个男孩嚷嚷，“你输了，埃里希！”

两个男孩都是来公园参加希特勒青年团的活动的。埃里希是麦克斯在社团里交到的朋友。他并不是麦克斯最好的朋友。实话实说，麦克斯不知道谁才当得起这个称谓。可能根本就没有吧。反正，麦克斯也不需要最好的朋友了。他已献身于希特勒，再没有别的需求。

等人到齐，就会开始集会和训练。麦克斯他们来得早，于是决定一边等，一边玩他们最喜欢的打仗游戏。

“三局两胜嘛！”埃里希手掌合在一起，假装恳求，“好不好？我总是输，这不公平！”

麦克斯大笑起来，嘲讽道：“你总是输，是因为你不如我！”

埃里希伸出胳膊，想用肘部捅他一下，可麦克斯一个侧身，躲开了。“看见了吧，你碰不着我。我什么都比你强。”

埃里希不高兴了。“我才不信呢！”他说。

麦克斯立即回敬。“那就来比试比试啊，”他说，“从这儿跑到草坪那头，如果你能抓到我，我就让你选角色。要是抓不到，就让我先选。这样公平了吧？”

埃里希耸耸肩：“好，就这么说定了。”

“预备——跑！”麦克斯以最快的速度冲了出去。埃里希追在后面，但总有一臂之遥。没头没脑地往前冲时，麦克斯突然觉得此地此景，似曾相识。这样奔跑，这样在公园里追逐。他和利奥这样玩过多少次？多得数不过来。

想到这些，他的胸口一阵疼痛。他加快了速度，这样就能越过回忆。

麦克斯率先跑到了草坪的另一边，比埃里希快了两秒钟。“你输了！”他大笑着嚷嚷。两个男孩一屁股坐在草坪上，呼哧呼哧地喘着粗气。

“好，愿赌服输，”埃里希说，“你赢了，你先选。”

麦克斯想也不想就脱口而出：“我选纳粹兵。”

“当然了，这是肯定的嘛。”埃里希沮丧地说。

麦克斯戴上了钢盔——虽然是假装的，可他这么做的时候，觉得自己成了一名真正的士兵。他深深地吸了一口气，挺起胸膛，扬起下巴。

他指着还坐在地上的埃里希。“胜利万岁！”他叫道，“快起来！偷懒的犹太人！”

埃里希举起双手，大笑起来。“嘿，好吧，真行，”他说，

“我站起来了啊。这就开始了呀！”

麦克斯才不管埃里希笑不笑呢，他已经进入了角色。“站起来！快！”他提高了嗓门儿。

他觉得自己的血管里淌着士兵的血，咝咝作响，急不可待。麦克斯提醒自己，这只是个游戏。但对他来说，这又不只是个游戏。这是训练。这是准备。这是把他每天早上对镜练习的一幕付诸实践的机会。有一段演讲，希特勒青年团的所有成员都烂熟于心：

撑起未来的德国少年，必须优美而灵活，必须像猎犬一样敏捷，像皮革一样柔韧，像克虏伯钢铁一样坚硬。

这段话是他行动的准绳，是他野心的引信。明年，他和埃里希就可以成为希特勒青年团的正式成员了。麦克斯迫不及待地想把学到的东西提升到更高层次。这种游戏正是他打磨本领的好机会。他要向父亲、向希特勒证明，自己是最优秀的战士。

埃里希只好站起来。“对不起，长官。”他说着拽了拽自己的外套。

“走！”麦克斯冲着朋友吼道，“快走！”

埃里希斜穿过草坪。他一边走，一边弯曲手指摆在面前，比画出鹰钩鼻的形状——这座城市里的每一面墙上都贴着纳粹海报，海报上的犹太人都是这个模样。埃里希时不时地停下来，摊开双臂，夸张地耸肩。“唉，我真惨，我是个肮脏的犹太人。”他说，“我卑鄙可耻，都不能算是个人。我是臭狗，我是老鼠，我是社会的污点。”

他装模作样，滑稽的样子逗笑了麦克斯。不过，麦克斯很快就回到了角色中。“快走，”他戳了下埃里希，“不准停！”

麦克斯放开嗓门儿，不停地嘲讽、辱骂他的朋友。他每走一步，每骂一句，都觉得痛快、过瘾、庆幸——幸好是他赢了，是他先选。

他们走回草坪另一边的时候，埃里希已经郁闷不堪了。麦克斯不知道是他演得太好，还是自己太投入，欺负得小伙伴受不了了。

不过，他很清楚一件事：他必须尽自己所能，每次游戏都先选角色。

他绝不要扮演犹太人。

埃尔莎

“快走！快！我们可没工夫耗一整天！”

我们排着队，走出廉租公寓，警卫们大吼大叫，咒骂不断。一共有一千多人：老人、小孩、拖家带口的夫妇……根本不可能像军人那样迅速，可警卫却按军事行动的标准来要求我们。

所有人都挤挤挨挨的，必须你躲我闪才行。我前面的一对老夫妇拖拖沓沓，走得很慢；我后面的一个女人又总是撞我，拎着的箱子不停地磕着我的脚后跟。

“对不起，对不起。”她说。

“没关系。真的，别担心。”妈妈替我答道。我低着头，只管琢磨下一步该往哪儿走，都顾不上转过身跟她说句话。

我们渐渐地靠近了廉租社区的边缘。几个月以来，我们都被圈在这里，不准出去。快到外面时，有个警卫冲着所有人大吼：“排好队！左转！把脚抬起来！前进！别停！”

为了显得更有威严，他挥动着步枪，催促着经过门口的老老少少。我害怕被枪指着，所以临近大门时就加快了速度，就算得推搡前面的老夫妇，也顾不得了。

我们躲开了警卫，来到了外面的大街上。妈妈、爸爸、奥托和我，四个人排成一排，和成千上万衣衫褴褛、蓬头垢面、疲惫不堪、茫然无措的人站在那儿，不知道接下来该做什么。

奥托紧紧地抓着腿。他近来跛得更厉害了。

“你没事吧？”我问。

他点点头。“没事。真的。”他虚弱地冲我笑笑。

“如果吃力就靠在我身上吧，嗯？”

“好。”

这时，我听见了一个熟悉的声音：“埃尔莎！”我连忙转过身，看见格丽塔也出来了。她拽着她妈妈的胳膊，一家人往我们这边赶来。她一靠近，我们就紧紧地拉住了彼此的手，我心里的恐惧也消散了一点儿。只要最好的朋友在身边，我就不那么难受了。

“你喂菲利克斯了吗？”我问她。

格丽塔点点头：“天亮之前它就来找我了。我想它一定知道咱们要走了。昨晚的晚餐我省下了一半，一直留着，都给它了。”

“我们就这样丢下它走了，真不敢相信……”我说。

“是啊。也许它会来找我们，”格丽塔爽朗地说，“肯定还能再见到它的。”

我不知道她是不是真的这么想。不过，只要想到菲利克斯可能一路跟着我们，不管到哪儿都跟着，我就有点儿高兴了。

“走啊！”一个警卫突然吼道，吓了我一跳，“快走！”

人群沿着大路往前走。我们现在在队伍的中央。一走起来，大家就散开了，至少可以自在些，不会老是撞到别人。

当兵的在队伍两边行进，今天早上似乎比以往人数更多。他们都扛着步枪，胳膊上戴着纳粹臂章，表情恶狠狠的，非常吓人。

他们扫视人群，时不时地就会大吼大叫。我和格丽塔本能地闭了嘴，只敢往前看，往前走，用最快的速度。我们已经学会了不惹人注意的本领。

走了几个小时之后，我的腿有点儿累了。我想停下来歇一歇。我想喝水。我的肚子咕咕叫，需要吃东西。可是我什么都不敢说。我看见前面几排里有个人问警卫能不能停下，警卫就拽着他的胳膊，把他拖走了。我不知道他们去哪儿了。我不敢看。但这已经足以让我明白，别想停下，也别想提任何请求。

快到火车站时，队伍的速度慢了下来。再走近一点儿，我们就看见前面聚起了人群。

“这儿不是老垃圾场吗？”爸爸压低声音，免得惹怒警卫。

“把我们弄到这儿来干什么？”奥托问。

“不知道。”妈妈答道。走近之后，我们看到一排长桌，上面放着各式各样的杂物。这让我不禁想起了维也纳广场上的市集。

警卫们推推搡搡、大声吆喝，命令我们往长桌那儿走。人们一组一组地在长桌前停下，每组大约二十人，很快就轮到了我们。

四周都是党卫军。“把行李打开！”其中一个人喊道，“值钱的东西都放在桌子上！项链、手镯、戒指，都放在这儿！”

我们面面相觑。妈妈惊得脸色煞白。“这是要干什么？”她轻声道，“咱们还有什么值钱的东西啊？他们不是已经掳走咱们所有的财产了吗？这个包就是我的命！我没有值钱的东西了！”

爸爸扶着妈妈的胳膊，摩挲着她的手指。“亲爱的，”他声音嘶哑，喉咙里像是塞满了木屑，“把戒指给他们吧。”

妈妈哽咽难言，几乎要窒息了：“结婚戒指？纳粹已经占了咱们的房子，抢了咱们的财物，剥夺了咱们的尊严，连人都抓到这儿来了，还不够吗？就连爱的信物也得拱手交给他们吗？”

“我会再送你一枚的，我保证。等这一切结束了，我一定会再为你戴上一枚金戒指。它，还有我的爱，都不会离开，永远不会离开。”

妈妈什么也没说。她只是点点头，不声不响地把戒指从手指上拽了下来。

这时，党卫军从队伍里拉出了一个人——看不出到底为了什么事——把他拖进了长桌后面的一间小屋里。紧接着就有殴打的声音传出来，还有那个人的哭喊声。

我连忙捂住了嘴巴。喉咙里泛起了胆汁的味道，又苦又咸，我生怕自己吐出来。一次一次，我以为这些警卫针对我们的恶行已经足够可怕了，他们却总能变本加厉，干出更骇人的事来。

在那一瞬间，我竟然庆幸起来：幸亏已经几天没吃东西了，想吐也吐不出什么。

片刻之后，他们把那个人从小屋里拖出来了。他的左眼肿得睁不开，额头上滴着血，一瘸一拐地往前挪。

“想藏东西就是这个下场！”警卫冲着人群吼道。他一松手，那个挨了打的可怜人就赶紧跌跌撞撞地回到了队伍里。

我嘴巴发干，干得像脚下的石子路。要是我不知道哪个值钱、哪个不值钱怎么办？要是我忘记了、漏掉了，怎么办？他们会不会也把我带到小屋里，然后……

“孩子们，快过来，”爸爸打断了我的恐怖想象，“好好检查一下行李，看看有没有他们想要的东西。”

我慌忙乱翻一气。什么都没有。没有值钱的——对于党卫军来说没有，但对于我来说，除了身边的家人，只有手里的这件宝物最珍贵。是那张合影，我、利奥、麦克斯的那张合影。那一天仍在我的记忆里闪闪发光，我实在舍不得丢掉。在别人看来，这只是一张褪色的照片，一张皱巴巴的废纸。纳粹不会要这个的，但我也不能拿如此珍贵的纪念冒险。

我把照片折起来，塞进一件开衫里，然后又翻了翻别的衣服，把它遮住。“没有。”我说。

长桌后面的警卫冲着我一点头，说：“行，就这样吧。”他说完就接着去查奥托的行李。

我收拾好东西，去找爸爸妈妈。在他们面前的长桌上，并排摆着妈妈的结婚戒指和爸爸的金表。警卫伸出手，抄起来就扔进了身边的箱子里。“走吧。”他说。

爸爸妈妈一声不吭地装好东西，转身离开了。我们四个人拖着步子，回到了人群里。而下一组人排着队，准备交出他们最后仅剩的一点儿财物。

警卫赶着人群，朝火车站走去。我寻找着格丽塔的身影。我们分开有一会儿了，这叫我心里涌起了一丝恐慌，直到看见她也在月台旁边才松了口气。一列庞大的火车停在那里，警卫推着人群，往车厢里塞。

啊，她就在那儿！和她的父母站在车厢旁边！“格丽塔！等等我！”我叫道。

她转身了，也看见我了，但警卫把她往前一推，她就跌进车厢里了。

我拽着妈妈的袖子：“快点儿好吗？必须跟格丽塔在同一个车厢！”

“好，尽量啊。”妈妈说。可是前面的人太多了，我们只能挤进另一节车厢。

妈妈紧紧地拽着我的手。“等到了地方就能见到她了，”妈妈说，“咱们四个可不能分开。”

这些日子以来，妈妈一直如此：冷静镇定，言行如常。可是我知道，这是装的。她说出来的每个字都是颤抖的，我听得见。我知道这不是争辩的时候，于是我也攥紧了她的手，没再松开。

“这是要去哪儿？”奥托问，“他们为什么不告诉咱们？”

一个警卫听见这话，冲着我们冷冷一笑。“没什么可担心的，”他说，“你们要去的地方安全着呢，再也不用担心打仗什么的了。”

“是哪里？”有个人大着胆子问道，“这个安全的地方到底是哪里？”

整节车厢瞬间安静了，所有人都屏住呼吸，静观其变。这个人会因为提问而挨揍吗？还是最终能挣得个答案？

他是幸运的，我们也是幸运的，因为警卫竟然笑了，还和气地解释起来：“是个很好的地方。你们的运气可相当不错。那儿是专门拨给犹太人的地盘，叫‘特莱西恩施塔特’。你们会过得很好，会喜欢那儿的。我们会管到底的。”

我想起了犹太居民委员会的人昨晚说的话。这是真的吗？他们愿意帮我们了？

我忍不住想要相信他。一团乐观的火苗燃了起来，就像黑暗中的蜡烛。我可以相信他的话吗？他们会好好对待我们吗？他们终于发觉这样欺负犹太人不公平了？他们终于愿意给我们安稳的生活了？说不定到了新的地方以后，还能去公园里散步呢！我们可以上学，可以骑自行车，可以睡在自己的床上——再也不用四个人挤在一张脏床垫上了！

我可以做个梦吗？哪怕几分钟也好啊。

我明知道不该抱有希望，但警卫的话让我觉得安心，让我忍不住浮想联翩。我现在只求赶快开车，赶快离开，可人们还是源源不断地涌进车厢。

我们这节车厢已经满员了——超员了——但挤进车厢的人没有停下的意思，很快就挤得我们动弹不得了。

我的肚子里一阵翻腾。我害怕极了。

车厢门终于关上了，最后一点儿空气也被隔绝在外。封死了。我想起了科学课上学到的知识——上课、上学，好像都是上辈子的事了，但我还记得“氧气”。人需要氧气才能活命。这么多人需要多少氧气？车厢里的氧气够不够？所有人都要呼吸。呼气，吸气，呼气，吸气……氧气会用完的。用完了之后怎么办呢？

我的大脑转得飞快，快得不管想什么都没意义了。

“妈妈……”我艰难地发出声音。没地方转身，所以我看不到她。

“我在这儿呢，宝贝。”她在我身后轻声说。

“我也在呢。”爸爸说。但我不知道他在哪儿。

“我也在。”奥托的声音听起来更遥远了。

人与人似乎不再有差异。我们就像荒野里号哭着想要回群的动物。我们冲着深爱的人号哭，呼唤着他们的名字，强撑着站在这里等、等、等……

突然，车厢猛地一震，所有人都朝前倒了下去。身体挤着身体，身体压着身体，向前扑，又向后仰。

慢慢地，火车动了。我们跟随车轮的节奏，摇摇晃晃。我们抓着别人的胳膊，却压根儿看不见人家；我们的脚和膝盖彼此交叠，却压根儿不认识对方。

我们摇来晃去，吸着别人呼出来的空气，又为别人送上自己呼出的空气，就像击鼓传花，就像传递奖品。我突然发现，让一件荒谬至极的事变得自然而然，竟是这么容易。

曾经想都不敢想的事，很快就会司空见惯。我们轻而易举地就把不可思议化作了常态，并且飞快地学会了停止质疑。

在这些纷杂的思绪中，也有遐想：等我们到达特莱西恩施塔特时，是不是就能想办法回归正常了？

我不该还有心愿。事到如今，我已明白，梦，再也不会成真。但我终究忍不住，仍紧抓着“希望”这件奢侈品不放。

1942年

麦克斯

寒冷的二月，终于来了。麦克斯仿佛已经等了一辈子。

今天是他十四岁生日，他可以从德国少年团升入希特勒青年团了，可以真操实干了。

当天晚上，父亲会为他举办一场生日会。麦克斯整天都无心上课。不过老师很理解他。所有人都知道他内心有多么骄傲，知道他有多么渴望将自己彻彻底底地献给元首，知道他从这一天起就不再是个孩子了，而是一个独立的个体、重要的人物。他将成为纳粹政权的一部分：一名有着雅利安血脉的士兵，情愿随时献出生命，与所有敌对者决一死战。

他以后就不用再参加体育比赛和周末训练营了。从现在开始，真正的训练拉开了帷幕，真正的本领等着他去学。拼刺刀，扔手榴弹，挖战壕，看地图，用手枪射击，匍匐钻过铁丝网……从现在开始，这些就是他的命，其他的一切都不再重要了。

他浑身上下都躁动不已，恨不得立刻就位，立刻把自己献给希特勒。

总算熬到放学，他回了家，静待生日会开始。

六点钟，门铃准时响了。麦克斯打开门，立正站好，迎接他的朋友。

“希特勒万岁！”三个男孩站在楼梯口，异口同声地喊道。

麦克斯一磕脚跟，神情严肃、镇静。他抬起右臂，骄傲地行礼，回应道：“希特勒万岁！”

他的母亲泡好了茶，孩子们便围在餐桌旁吃吃喝喝。男孩们看起来一模一样：梳着分头，穿着一尘不染的制服，袖标上印着纳粹标志。

“瞧瞧，小伙子们长大了，多帅啊。”他的母亲感叹道。

“男孩才不在乎帅不帅呢。”他的父亲嘲笑道。他的父亲擦了擦嘴，把餐巾重新叠好，叠得方方正正。“让他们显得英姿飒爽的不是帅，而是命令、纪律和服从。”父亲转向儿子，“我说得对吗？”

麦克斯用力点头。“没错，长官。”他说。

“好吧，不过当妈的觉得儿子帅，也没什么不可以。”他的母亲一边说一边把空盘子送到水池边。

她转身的时候，她的丈夫用胳膊肘戳了戳儿子，半笑不笑地翻了个白眼。“女人，啧啧。”他戏谑轻松的语气让麦克斯满足不已。

这时，麦克斯的母亲端着生日蛋糕回来了。黑森林奶油蛋糕。

麦克斯的朋友们全都呆住了。“这也太棒了吧，费舍尔太太！”其中一个叫海因里希的男孩说道，“您是怎么在战时弄到这些东西的？”

费舍尔太太大笑着指了指丈夫：“只要嫁给党卫军高级军官就行了呀！”

孩子们哄堂大笑。就连费舍尔先生也忍不住苦笑了一下。

这真是麦克斯有生以来过得最美妙的夜晚，没有“之一”。

等等，或许……还是有的。那个夜晚，没有黑森林奶油蛋糕，但是有维也纳的萨赫蛋糕。严苛的纪律尚不知踪迹，只有高高的座舱里自由自在的嬉笑打闹。那灿烂的笑容被定格在照片中，尘封在岁月里，他已遗忘了太久太久。

停。

他在干什么？他在想什么？他怎么能让那些东西挤进脑海？哪怕只是占据小小的一个角落，也是对父母的不敬！

麦克斯强迫自己专注于此刻。整个晚上，他都在向母亲表达自己有多喜欢这个蛋糕——从来没吃过这么棒的。他小心翼翼，没有惹怒父亲，没有妨碍父亲扮演好一个慷慨的、讨人喜欢的主人的角色。

这绝对是最好的生日会，他无比肯定。

然而，当生日会结束后，朋友们各回各家，父亲在客厅里烤着火看书，母亲忙着洗碗、擦盘子，麦克斯帮忙时，他却总觉得有什么东西在脑海里徘徊。另一个生日会，仍然深藏在思绪的角落里。

他不由自主地回到卧室，打开衣柜，跪下来去够最里面的那个鞋盒——自从搬到慕尼黑以来，他就再也没有打开过了。鞋子、书包、樟脑丸，杂物仿佛漫无边际。他摸索着，摸索着，终于……

在那儿！找到了！他把鞋盒拽出来，只管不停翻找，而不愿停下来想一想。如果停下来去想，他肯定就知道自己的心意了。

他在床边坐下，打开盒盖，一股说不清的气味散发出来，钻进了他的心里。那是什么？书？照片？早已忘个干净的玩具熊？很难形容，但这气味将他送回了维也纳。

他闭上眼睛，往事历历在目。利奥、埃尔莎，还有他。一起跑，一起捉迷藏，一起骑自行车，一起去阿玛林巴德泳池游泳……时时聊天，时时吵闹，总是在笑。

这感觉太强烈了，完全不像是一段记忆。比记忆更真实。他真的回去了。但这感觉也很疼，非常疼，像撕裂皮肤，像刺入身体。外壳脱落了，一瞬间，他此刻的生活没有分毫是真实的。他看清了它的本质：极力想要融入，却肤浅而徒劳。他想得到爱，想得到赞扬——从他的父亲那里，从他的长官那里，从希特勒那里。可是，与他和利奥、埃尔莎的友谊相比，这些都是那么虚无，那么无谓。他真正爱过的那两个人，从来没对他提过任何期望和要求。

他的心实实在在地疼了，疼得他必须用一只手按住胸口。他用另一只手在盒子里翻来翻去，终于找到了他要找的东西。

照片。笑容。挽在一起的胳膊。

他仿佛坐上了飞毯，飞回了摩天轮的座舱，飞回了那个神奇、美妙的时空。

"你在干什么？"

他的父亲突然出现在门口。他的身影卡死了门框，挡住了外面的所有光亮。

"我……"

麦克斯连忙把照片往鞋盒里塞。但他的父亲大步走到他面前，居高临下地伸出手。"拿出来。"他的父亲说。

这不是商量。麦克斯知道自己只能服从。他把照片交给了父亲，然后紧盯地板，等待着暴风骤雨的降临。

然而一切风平浪静。麦克斯抬眼偷瞧，只见父亲仔细研究着那张照片，缓缓点头，然后还给了他。

"为什么要看这个？"父亲平静地问。太平静了。

"我……我只是……"麦克斯踌躇了。他知道，自己必须采取行动。他必须抓住这停顿的片刻，让自己的心硬起来。过生日这天想起了老朋友们，这很正常。但他和他们现在不是朋友了。他们现在什么都不是。他们和那一天一样，都是他想象出的幻景。他们不是真实存在的朋友，他们和他如今的朋友不可相提并论。他们是犹太人。他明白。他接受。他们绝不可能是他的朋友。

他突然明白这一刻的意义了。他的回忆为他设置了一项挑战、一项测试。这一刻，他真真正正地来到了岔路口。

他可以沉溺在早已遗忘的欢笑和幼稚的游戏里，也可以踩着这些回忆，跨过所有情感，做出今天该做的承诺。

他知道自己只有一个选项。

“我想找出这张照片，然后销毁它。”麦克斯淡定地答道。

他的父亲凝视着他的眼睛，凝视了好一会儿。麦克斯觉得这双眼睛就像一对黑洞，如果不够谨慎，就会被吞噬其中，万劫不复。仿佛过了很久，父亲终于点了点头，转过身去。“过来，”他厉声道，“带着那张照片。”

麦克斯抓起照片，一跃而起，跟着父亲离开了卧室。

来到客厅门口，父亲有些犹豫。“在这儿等着，”他指指里面，“我一会儿过来。”

麦克斯顺从地等待着。他听见父亲进了客厅隔壁的办公室。寂静之中，紧紧攥着照片的手开始出汗。他强迫自己不再去看它。

一两分钟之后，父亲回来了，手里拎着一大捆纸，纸用细绳系着。

他把纸捆递给麦克斯。“给，拿着。”他说。

麦克斯接过来，翻了翻。原来，这是一摞信封，至少有二三十封。可是，怎么……

“打开看看。”父亲命令道。他抱着胳膊，观察着儿子的神色。

麦克斯抽出几个信封——他立刻就明白了。他认得那上面的笔迹。在维也纳上学时，他每天都坐在一个男孩身边，那男孩会写好看的细长字母。

是利奥的信，是他从未收到的信。他从未读过，也从不知晓它们的存在。

麦克斯的胸口绷紧了。他多想撕开信封，痴读里面的字句。可他拼尽全力忍住了。

他知道父亲在期待什么。

他能感觉到父亲的目光牢牢地锁住了自己。他走到火炉前，举起了那一小捆信封。他迟疑了，深深地吸了一口气。

“扔啊。”父亲淡然地说。

眼角渐渐聚起了一滴眼泪，麦克斯不愿让它落下。不，他的意志必须更坚强。这才是考验真正的男子汉的挑战。这是父亲送给他的生日礼物。

对童年旧友的回忆是他最不愿放弃的东西。一旦切断了友谊的联系，一旦他将“希特勒至上”付诸行动，就什么都拦不住他了。他要把自己的心灵、身体、思想和精神都献给纳粹政权——只要如此，他就能战胜一切。

他把信扔进了火里。火焰蜿蜒着攀上信封，贪婪地吞噬，将利奥的句句话语化作灰烬。

麦克斯还攥着那张照片。照片是最后的纽带，另一边是他再也回不去的童年、找不见的自己。

这次他一秒钟都没有犹豫。他拿起照片，丢进了火里。

父亲的手按住了他的肩膀。麦克斯都不记得父子间上一次触碰是什么时候了。这感觉几乎令他眩晕。

“干得好，男子汉。”父亲说。

男子汉？他的父亲说他是男子汉？现在，他终于明白什么是真正的幸福了。现在，他终于明确人生的真正目标了。现在，他是一名战士了。

父子二人望着火舌将那张照片吞没，然后烧得卷曲、焦黑。童年的笑容终于化为乌有。麦克斯昂首挺胸地站在父亲身旁，骄傲极了。他心里的那扇门，默默地关上了。

利奥

今天，学校里来了一位新的地理老师——怀特海德太太。奇妙的事情发生了。

她让我们一个一个地站起来，轮流到前面去演讲。她在黑板上挂了一张大大的地图，要我们选择一个国家，讲一讲与之相关的故事。

轮到我了。我鼓励自己：我们已经在这儿住了两年多，不用忧心忡忡的。同学们不再欺负我了。当然，玩打仗游戏的时候，他们无心的话偶尔会吓着我，可如今我不用总是扮演德国兵，他们也不再嚷嚷着“胜利万岁”嘲笑我了。

我不会刻意地提起自己是犹太人这件事，但也不会刻意隐瞒。丹尼尔帮了大忙。只要知道有人跟我站在一起，哪怕我们不曾明说深谈，我也觉得自己是个“正常人”，和大家没什么不同。

所以，我决定勇敢些。

我指着奥地利说，那是我出生的地方。瞬间，记忆——维也纳的最后几个月——全都回来了。我曾把它推得远远的，现在说起来就像在讲另一个人的生活。

那个人的妈妈躲在壁橱里，眼睁睁看着自己的店铺和家被砸烂；那个人的爸爸被曾经的朋友抓走；那个人逃到英国之后，每个夜里都噩梦连连。

可是，那不是“另一个人”。那是我。此刻，我站在教室最前面，想起了那一天——被校长挑出来，当着全校师生辱骂的那一天。

我觉得膝盖发软，喉咙发紧，恶心想吐。或许，所谓的“正常”“安全”，都是我哄骗自己的话。在这一瞬间，我仿佛看见老师指着我、叫着我的名字，让我在全班同学静默的注视下滚到教室后面去。

怀特海德太太的声音把我的思绪拉了回来。“真的吗？”她问，“那你一定是很小的时候就离开故乡了吧？”

我摇摇头，把恐惧和回忆强压下去。“我离开那儿才两年多，”我说，“那年我十二岁。”

她立刻睁大了眼睛，惊讶地说：“我可真猜不出来！你的英语说得非常棒！”

我回到座位上，只觉得一阵恍惚。丹尼尔戳了戳我，笑着低语：“看到了吧。”他仍然得时时提醒我，什么都不用担心。

也许，他是对的。也许，我可以斗胆相信。

我的英语说得就像个“地道的英国人”。

我发觉自己笑了。这一整天我都藏不住脸上的笑意。走路的时候，我更笔挺了；笑的时候，我更爽朗了；和大家在一起的时候，我更自在了。

我是个“地道的英国人”。我不再是个外来者了。

不错，有时我仍然想念维也纳，渴望再看它一眼，它在我心里永远占据着特别的位置。但现在，英国是我生活的地方。看来，我终于可以允许自己把它当作“家”了。

这节课余下的时间里，我感觉自己开心得都快飘起来了，然后高高兴兴地继续下一节课——罗杰斯先生的科学课。

我们刚开始上课，外面就传来了熟悉的声音。是警报声。空袭警报。

通常都是演习，只要知道自己该做什么就行，但说不定哪次就碰上真的了。我们一直以来接受的观念就是，要把每一次警报都当作真的来对待。

“汤姆、莎莉、彼得，去储物间拿防毒面具。利奥、丹尼尔、玛丽，帮他们分发一下。其他同学到门口排好队，拿到防毒面具就戴上。集合好咱们就走。”

我立刻行动起来，用最快的速度完成任务。不到两分钟，全班同学都戴好了防毒面具，在门口排好了队。

“很好，”罗杰斯先生说，“来，咱们走吧。”

我们跟在老师身后，来到走廊上，和其他教室的学生们会合。走廊上很快人满为患，大家急匆匆地往院子里走。

索尔兹伯里校长已经等在外面了，引导我们往防空洞那儿去。防空洞才竣工两年，是特意为我们建的，这样一旦真的发生空袭，就有地方可躲了。

“校长，这是真的还是演习啊？”我们经过时，别的班的一个男生问道。

“这次是演习，”校长说，“但要记住，演习也要当真，不能马虎。”

我和同学们迅速穿过院子，钻进一条狭窄的隧道，然后就来到了地下的大洞里。剩下的课，就要在这儿上了。我们曾在这儿待过两个小时，那是最久的一次，是真的空袭。

“你这周末有什么安排吗？”挤在水泥长凳上时，丹尼尔问我。

我耸耸肩：“也就是帮我妈妈干活儿吧。”

我们最近从斯图尔特夫妇家里搬出来了。妈妈说，我们不能理所当然地消磨人家的善意，尤其是现在，战争阴云笼罩，物资定量配给，所有人都过得很艰难。我们和斯图尔特夫妇一起住了一年多，要搬走固然是个大工程，但妈妈的决定是对的。

她找到了一间小公寓。她睡卧室，我睡客厅沙发。虽然不太舒服，但至少我们有了自己的家。

我们搬进去的时候，贴了五十年的壁纸都剥落了，斯图尔特先生就建议我们换换壁纸。

妈妈听了大笑。“我们上哪儿去弄壁纸啊？”她说，“现在这日子，吃面包有黄油、喝茶有糖，就已经非常不容易啦。壁纸可是奢侈品，还是等战争结束再说吧！”

斯图尔特先生皱起眉头。“我得想办法找一些，”他说，“可不能让你们这么凑合着住，不然我太太饶不了我。”

他果真说话算数，过了几天就送来了三卷印着蓝色、绿色花朵的壁纸。于是我和妈妈说好，这个周末在家贴壁纸。

“真不巧，”丹尼尔说，“洛里本来想带咱们去看电影呢。”

洛里是和丹尼尔的姐姐麦蒂谈恋爱的美国大兵。这层关系让丹尼尔一下子成了班里最受欢迎的男生，因为洛里总能弄到紧俏的东西，比如咖啡、炼乳之类的。上个星期，他甚至送去了糖，好让丹尼尔的妈妈做蛋糕。丹尼尔给我捎了一块，虽然比不上妈妈以前做的萨赫蛋糕，但在勉勉强强才能度日的现在，可真算是天堂般的美味了。

至于看电影，那更是不可想象！“要去看什么电影啊？”

“好像是斑比什么的。”

“斑比？什么意思？”

丹尼尔笑着解释：“斑比是一头小鹿。是小鹿和朋友们的故事，儿童电影。上午放映。”

“真的呀？那我跟妈妈商量一下，下午再开始贴壁纸吧。真好哇，我也去！”

我吃完早餐，刷好碗碟，去跟妈妈道别。“那我出门啦？真的没问题？”我问。

她拍拍我的手说：“当然了，亲爱的。我中午做些好吃的，咱们下午开工。”

我亲亲她的脸：“谢谢你，妈妈。”

丹尼尔和姐姐、洛里在电影院门口排队。我挤过去找他们。“喂！”有人不客气地叫住了我。

我回头一看，只能模糊地认出，那两个女孩也是我们学校的。说话的那个女孩一头金发，绿色的大眼睛瞪着我。“你怎么插队呀！”她说。另一个女孩披着黑发，我一看她，她就脸红了。

“我……呃，真对不起，”我说，“我去后面吧。”

金发女孩耸了耸肩膀：“没事。”

黑发女孩的刘海掩着一双棕色的眼睛，那目光一投向我就飞快地转开。我嘴巴发干，想了半天也不知道说什么才好。

“一起看怎么样？”洛里突然插了进来，满脸笑容。我敢肯定，大家都喜欢他的笑容。“我请客，算是插队的补偿。大家坐在一起吧。”

两个女孩迅速地对视一眼，仿佛在说一种只有女孩才懂的语言。这举动让我想起了埃尔莎。共享秘密，甜美微笑，再次走近一个女孩……念头纷乱，我屏住了呼吸等着她们回答。

金发女孩又耸了耸肩，用一种听起来很随意但实际上骗不了任何人的语气说道：“好啊，为什么不呢？”

我们排着队，慢悠悠地往前挪。我突然发现，黑发女孩正走在我身旁。“我叫利奥。”我尴尬地自我介绍。

“我叫安妮。”她说。

我向她伸出了手，嗫嚅道：“你好。”

她看看我的手，轻轻一笑，就跟我握了握手。

我们很快就排到了队伍前面，然后走进了黑暗中。安妮在我旁边坐下了。

电影结束了，道别时，我对她说：“我……我们学校里见。”

安妮冲着我笑了。“好啊。”她说。

想到安妮有可能成为我的好朋友，我就满心欢喜。

我回到家，一进屋就看见妈妈正站在厨房中央，地板上、椅子上，甚至她的头发上都是壁纸，唯独墙上没有。

她手里拿着一把钢丝刷，转过身对我微笑：“我做些准备。”

我连忙挽起袖子：“我这就来。”

“先吃午餐吧。给我讲讲你看的电影。然后咱们再埋头苦干，一气呵成。”

我尽可能详细地复述了电影里的故事。至于别的，就什么都没说。我实在不知道该如何用语言来表达。

吃完午餐，我换上最脏的衣服，回到厨房，和妈妈一起干活儿。我们又是聊天，又是大笑，使劲儿刮擦墙壁，把旧壁纸清理干净，从下午一直忙到晚上。

我觉得这是我们来到英国以后最美好的一天。

天色渐暗时，我们停下来，在桌子上腾出一块地方。妈妈点燃蜡烛，念了安息日结束时的祈祷词，然后亲了亲我的脸颊。

如今的星期六和以前不一样了——几乎就是平常日子，但安息日的祈祷词仍然熟记于心。它提醒着我，我们从哪里来，我们是什么人。这些是永远都不会改变的。

现在吃晚餐还有点儿早。“咱们再干一会儿吧。”我提议道。

“好啊。来点儿音乐怎么样？”妈妈打开了收音机。我们一边干活儿，一边哼起了小曲。

薇拉·琳恩的《我们终会再相见》响起时，妈妈不吭声了，也不刷墙壁了。房间里横七竖八地堆着壁纸，她就在这乱糟糟的一片里随便找了把椅子，坐了下来。

“我们终会再相见……”薇拉·琳恩唱着。

“不知何地，不知何时……”妈妈跟着一起唱。她突然哽咽了，肩膀颤抖着，垂下了头。

我停下手里的活儿走过去。她的眼睛红红的，眼泪在蒙着灰尘的脸颊上淌出了两道污痕。

看着她难过，我也想哭。她的眼泪，以及她眼泪的缘起——爸爸不在——冲淡了我一天的快乐。我多想像个孩子似的，号啕大哭，不管不顾，然后让她来安慰我，告诉我一切都会好起来。

然而这时，我想起了爸爸的话。我想象不出他此刻的模样，但在那黑暗的一天，他被那些坏人带走时对我说的话，我至今仍记得清清楚楚。

“以后，你可是家里唯一的男子汉了。要照顾好妈妈，听见了吗？能答应我吗？”

我把钢丝刷放在地上，蹲在妈妈面前，捧起了她的脸。

“妈妈，”我望着她湿漉漉的眼睛，“咱们一定会再见到爸爸的。我保证。”

“我只是太想他了，”她说，“实在忍不住了。不知道他在哪儿，过得怎么样。我尽量不去想最糟的可能，可是——”

“别，”我打断她，“别那么想。绝对不能那么想。咱们一定会再见到他的。到时候，他会走进这间公寓，埋怨地说：‘这壁纸怎么这么难看啊？’还会和你在这厨房里一起跳舞。”

妈妈破涕为笑：“亲爱的，但愿你说的这些能成真。”

我用手指抹掉她脸上的泪痕：“肯定能，妈妈，我向你保证。”

她紧紧地攥着我的手。“好孩子，”她说着自己摇摇头，“不，你已经是男子汉了。顶天立地的男子汉。我这辈子最美好的事就是有你陪伴。”

我伸手抱住了她。她把头靠在我的肩上，轻轻地抚摸着我的头发。

收音机里，薇拉·琳恩还在唱着：

“笑着，不变，像往日那样，一直笑着……我知道我们终会再相见，在某个阳光灿烂的日子。”

埃尔莎

我还在车厢里。以前好像来过，但我记不起是什么时候了。就像乘火车吧，拥挤得要命，都喘不过气了。这感觉很熟悉。非常熟悉。车厢从轨道上飞起来了，飞到空中了，推开门，就能看见整座城市。

麦克斯和利奥也在。他们站在两边，把我夹在中间，很暖。我们的友谊就像幸福的泡泡，包裹着我。

“埃尔莎！”

有人喊我的名字。麦克斯和利奥突然要走了。

别，别走！待在我身边好吗？暖着我，不要离开我……

“埃尔莎！”

有人摇晃我。“埃尔莎！”一个声音不依不饶，“埃尔莎，快醒醒！”

原来，刚才是个梦啊。

失望沉甸甸地压了下来，像真正的重物那样，挤压着我的身体。麦克斯和利奥不在这里。他们不在的日子，比我记忆中的更长。他们的存在本身，就像一个梦。我不想睁开眼睛。

“埃尔莎，赶紧起来，马上就要点名了！”

我不得不强迫自己睁眼去看。只见妈妈凑得很近，离我的脸只有几英寸。“埃尔莎，快，”她焦急地说，“今天他们又要送人走了，昨晚咱们区有三个女人被挑出来了。可不能让他们抓住把柄把咱们分开啊。”

“妈妈，对不起，我马上就起来，马上。”

我掀掉充当毯子的破布，抬起腿翻下铺位。在这么不舒服的床上蜷缩了一整夜，虽然浑身都疼，我却几乎没有注意到。在特莱西恩施塔特待了一年之后，我已经习惯了疼痛，这根本算不得什么。

我现在的记忆很不牢靠——至少醒着的时候如此。

难熬的夜，我都记不清了。比如我和妈妈只能挤在一张窄窄的床上，要是谁想翻个身，另一个人就也得翻身，不然就会跌到床外，摔在地上。

铺的盖的，我都记不清了。仅有的一条“毯子”是那么脏，脏得看不出原本的颜色，只是灰扑扑的一片，而且上面全是破洞，都快烂没了。

吃的喝的，我都记不清了。没有一天不惦记着果腹，可食物永远不够，我的肚子永远咕咕叫，还会抽筋。

所以，我喜欢做梦，也就不奇怪了吧？

我们来到操场上，和其他人会合。

格丽塔找了过来。她和她妈妈跟我们站在一起。

“还好吗？”她像从前那样摸摸我的头发。

我冲她微微一笑。“还好，”我紧紧地握住她的手，“你呢？”

“凑合吧。”她也紧紧地握住我的手。

我四处张望，寻找爸爸和奥托的身影。我们已经有一个多星期没见到他们了。男营并不远。其实，挺近的。但因为能看一眼的机会太少了，所以才像被分隔的两片大陆似的那么遥远。

昨天，有两个男人给妻子写信，被发现了，警卫就说，今天要好好惩罚他们。

于是，我们站在冷风里，等着每日例行的命令时，那两个男人被带上来了。

“看见了吧，”警卫大吼道，“这就是自作聪明的下场！”

他抽出一根粗大的鞭子，命令其中一个准备受罚的男人弯腰。

那个人吓得号哭起来。“别，别打我，”他像祷告似的双手合十，跪在警卫脚边，哀求道，“行行好，求你了。”

但哀求换来的是狠狠的一脚。这一脚踹在他的肚子上，一下就把他掀翻了。他几乎是飞了出去，然后重重地侧身落地。警卫跟上去又是一脚，踢得他向前扑倒，脸扎进了泥土里。

随后是一顿鞭刑。

另一个警卫抓着第二个男人，冲着我们嚷道：“谁看别处，谁就一样挨罚！”

所以没有人敢挪开视线，只能站在原地看着。有人吐了，而我用拳头堵着嘴巴，告诫自己，千万别吐。

要是你每天只有一碗稀汤可下肚，那就必须让它留在肚子里。

对于我来说，幸运的是，妈妈被选中帮厨，所以有时候能偷偷藏下一些珍贵的宝贝。上个星期，她就带回了一整个土豆！真是不可思议！妈妈把土豆切成六份，分给了跟我们挤在一起的其他人。

我自己的那份只撑了两天，因为我分了一半给格丽塔。

我的命是靠格丽塔支撑的。要是没有她，我肯定活不下去。我们不能再像以前那样玩耍、聊八卦、互相取笑，但我们还可以聊天，还可以做梦，还可以假装为未来设想种种。我们还可以笑。所以能笑就笑。

几个星期之前，我们定了一条规矩：每天都要想一件“好事”。一天一天，竟还真能搜刮出新的“好事”。到目前为止，效果不错。我每天背上五条，警卫冲着我们大吼大叫时，我就在心里反复默念。

有点儿像某种反抗。

于是，今天警卫鞭打那两个人时，我也这么做了。可今天，这不像反抗了。“反抗”这个词太宏大了，太主动了。而我只是为了苟活。

我尽可能地想东想西，好屏蔽掉受罚者痛苦的哀号。

1. 土豆。一想到土豆我就要流口水。哪怕现在也是。

2. 妈妈还好好的，而且和我在一起。

3. 格丽塔也在。这两个爱我的人，我每天都能见到。绝大多数人都没有我这么幸运。

4. 上个星期收到了爸爸和奥托的消息，所以他们还在这儿，还活着——至少上个星期是这样。

有个负责厨房的人叫凯姆，是爸爸的战友：他们一起上过战场，在捷克斯洛伐克的前线打仗。我想，他们就像我和格丽塔一样，会竭尽全力地互相帮助。凯姆之所以也被送到这儿来，是因为他是罗姆人：只有他们和犹太人一样倒霉，遭受着种种虐待。

凯姆冒着生命危险，替爸爸送了张小纸条出来，然后趁妈妈帮忙煮汤时，塞给了她。

“奥托和我很好。坚强些。永远爱你们。”

我们当然不能留着这张纸条。妈妈想留着，我只好把它抢过来。

我跑到外面，心跳得厉害，好像要跳出胸膛似的。就算真的跳出来了，我也不会惊讶。毕竟，我身上干瘦干瘦的，肋骨都凸出来了，活像被食肉动物朵颐之后的骨架。

此时此刻，在这里，我极力地回避受罚者的尖叫，同时庆幸不已——幸亏我还有一丝好运，幸亏我强迫妈妈交出了纸条，幸亏我把那张纸条毁掉了。

要不然，现在站在前面挨罚的就是爸爸了。

想到这些，胆汁都泛上来了，我连忙把思绪拉回去，去想那些“好事”。

5. 特莱西。

特莱西是我们的小猫。我和格丽塔的。它的脾气不像菲利克斯那么好，不常来，但偶尔会在这附近转悠。

这个名字是有出处的——呃，应该很容易就能猜到吧。特莱西恩施塔特：我们的度假村，我们的示范定居点，安全的地方，没有人能伤害我们的地方！

我们当初怎么会相信这种谎言？之前向我们不停灌输的、如今向全世界继续散播的谎言。这里确实有一小片地方是度假村的模样，只要有人来考察，他们就把人带过去，假模假式地展示一番：瞧，我们就是这样对待犹太人的，没什么不对的吧？他们在这儿过得可幸福了。

这里的一切都是谎言。

除了妈妈和格丽塔，特莱西是这里最美好的事物。它能偷偷地穿过营地，能在小径上跑来跑去，还能跳起来翻墙，真叫我嫉妒。

不过总的来说，我还是很爱它的。

它个头很小，乍一看像是才出生不久的小猫崽。但我觉得它不是小猫崽，只是没有家，没有妈妈，没有吃的。

从这个角度来说，它比我们还要惨。

所以我每天都要给它留点儿食物。我把省下来的饭渣藏在床垫底下——其实这样容易招来老鼠，有些危险，不过到目前为止，我已经成功地喂了它一些胡萝卜皮、一小块土豆、一点儿面包屑。

如果像别人一样，我也能省下更多。每到吃饭的时候，为了多摄入一点儿营养，所有人都疯狂地努力着。我只能装不知道。

我见过一些上了年纪的阿姨，把脑袋扎进空桶里，用勺子拼命地刮着，只为了多吃一口。她们甚至会用刀子狠刮桌面，好把最后一点儿面包屑塞进嘴里。

妈妈提醒我不要看她们。“只有转身回避，才能把她们已经遗忘的尊严交还。”她说。

我经常琢磨这个说法。“转身回避。”我们在这儿“转身回避”，那些阿姨就感觉不到羞辱了，可是外面呢？在别的地方呢？在外面“转身回避”，有什么用呢？

有时候我觉得整个世界都在“回避”我们。不是为了帮我们保留尊严，而是为了维护他们的所作所为，维护他们的特权，还有他们的谎言。

警卫住手了，惩罚结束了。那两个人没了声息，倒在地上，一动不动。警卫叫来两个人把他们带走，然后擦掉额头上的汗，冲着我们训话：“昨晚收到数字条的人，现在到转运站去。”

妈妈攥住了我的手。片刻的触碰让我感激不尽。她是我的主心骨。我也捏了一下她的手，然后松开了。

人群散开，涌向不同的方向，我已经想好今天要跟格丽塔分享的“好事”了：收到数字条的人里没有我，又一天熬过去了，我没被送走。

多奇怪啊，看看这儿的日子，你肯定会认为我们所有人都想离开吧。

是啊，我们当然想离开。但绝不想去转运站。我们已经听到了关于“转运”的传言，非常非常可怕。

所以，即便这儿有老鼠、虱子、饥饿、酷刑，残忍日复一日，但只要不在转运名单上，我们就仍然可以自诩“幸运”。

1943年

利奥

我起床下楼时，发现妈妈正在楼梯上坐着发呆。

“妈妈，你在干什么呢？”我说，“这样坐着会着凉的。你看看，你连拖鞋都没穿。”

“邮递员还没来，”她说，“他这会儿应该到了呀。怎么还没来呢？”

我不由得有些沮丧。自从我们去年收到了爸爸的信，妈妈就每天如此：等信来。哪怕有时候不是这样坐在台阶上等，我也能看出来，她心里是等着的——期待，微弱的、希望的火苗，想要探知音讯的渴望。然而，日复一日，等来的只有失望。

“他是不是死了？”妈妈问。她曾经那样努力地保护我，不让她内心的恐惧伤害我。我也曾质疑自己，我和妈妈，到底谁该扮演强者的角色。可那些日子一去不复返了。

我在她身边坐下，搂住了她的肩膀。她好像越来越矮小了，但这并不只是因为我越来越高大。我已长大成人，妈妈渐渐老了。

“他还活着呢。”我说。

“你怎么知道？”

我抬起手，按住自己的胸口。“我能感觉到。我的心，感觉到爸爸还活着。”我说。

她把头靠在我的肩膀上，安静了片刻，突然——

“他来了！”窗前掠过一抹黑影，妈妈跳了起来。

门上的投递口里冒出了一个信封，还没落地，妈妈就一把抢了过去。

我暗暗做好了准备。我知道即将发生什么。毕竟，每一天都一样。

“是账单啊。”妈妈的肩膀耷拉着，整个身子都垮下去了。

就现在吧，不等了，告诉她。简单地告诉她就好。把她从邮递员、账单、没有爸爸的漫长等待里解救出来。

“我有喜欢的朋友了！”我脱口而出。我窘迫得脸上发烫，两只胳膊垂着，傻乎乎的。

自从去年在电影院初见，我和安妮就成了好朋友。从某种层面上来说，就好像埃尔莎又回到了我的生活里。一个女孩，和我逗趣，和我一起笑，分享彼此的琐碎小事。就像一份珍贵的礼物。安妮帮我找回了一部分过去的自己。

……

我的妈妈好像一下子活了过来。“我这就泡壶茶，你可得给我好好讲讲，”妈妈说，“她叫什么名字？多大了？你们是怎么认识的？”妈妈突然停下来，冲着我晃晃手指，“你这孩子，怎么现在才告诉我呢？”

“你怎么知道我们不是刚刚认识呢？”我笑着问。

妈妈扬起眉毛。“因为我是你的妈妈，”她说，“我知道肯定有什么事。你身上的变化那么明显，我全看见了，只是闹不清究竟为什么。不过现在我可知道了。”

我跟在她身后往厨房走，忍不住咬起了指甲。“你介意吗？”我有些紧张。

妈妈转过身，拉着我的胳膊。“介意？我介意吗？”她说，“我亲爱的宝贝，我都高兴得不知怎么做才好了。这正是我需要的，让人感到快乐的事。”

我们坐在桌边聊起来。我把关于安妮的一切都告诉了妈妈。

她和我一样，是犹太人。她和我一样，十五岁。她是五年前乘儿童专列来到英国的，一直跟着养父母生活。她十岁时，在柏林火车站与父母挥手道别，后来就再也没有他们的音讯了。

“噢，可怜的姑娘！”妈妈捧着脸感叹道。

“好，就这么办，”妈妈说，“今天就请她来咱们家吃晚餐。虽然没有什么特别的菜式——物资配给嘛，没有办法——但是我能保证她每一口都能尝到爱的味道。”

“太好了，妈妈，谢谢你。”

……

我走过去紧紧拥抱她。“妈妈，谢谢你，”我说，“她终于要跟你见面了，太好了。”

妈妈也紧紧地拥抱我。我在她耳畔轻声说：“总有一天，她也会跟爸爸见面的。我向你保证。”

麦克斯

父亲告诉他，又要搬家了。麦克斯不知道该说什么。但他知道自己是怎么想的。他想喊，想哭，想央求父亲，别让他离开这美好的生活。

慕尼黑已是麦克斯的整个世界。在学校里，人人都想跟他交朋友。他和希特勒青年团的伙伴们在校园里叱咤风云，就连有些老师都怕他们了。

可现在他却要抛下这一切，搬到波兰去！他的父亲又升职了，即将以党卫军高级军官的身份调到纳粹政权最大的集中营：奥斯威辛。对于父亲来说，这是无上荣耀；对于麦克斯来说，这更像一种惩罚，而他根本没有犯错。

幸运的是，在遵守纪律方面，麦克斯接受过极为严苛的训练，他知道此时不应争论，不应表露出自己的感情，只要以正确的方式做出回应就好。

“谢谢您，父亲。”他说。此外，为了表示自己理解搬家的必要性，他抬起右臂，一磕脚跟，高喊道：“希特勒万岁！”

他的父亲以同样的方式回了礼。“你现在是一名合格的战士了。”他的父亲说，“你能理解，我很欣慰。”

麦克斯将父亲的表扬当作礼物，带回了卧室。十四岁生日那晚，发生了那么一件事，之后父亲就没说过什么好听的话了，今天这句“合格的战士”是最棒的。这是一件稀世珍宝，和父亲按住他的肩膀那次一样。他要把它们留在记忆里，好好珍藏。

然而，一旦独处，各种情绪就冒了出来。

麦克斯觉得眼睛里一阵阵刺痛。不行！他可不能像个小屁孩似的哭鼻子！他已经是男子汉了，是骄傲的纳粹党人。他要用别的方式来释放情感。

为了不传出动静，他先轻轻关上卧室的门，然后抓起床上的枕头，放在床头柜上。他卷起袖子，狠狠地砸下一拳。又一拳。打、揍、抡、砸……一拳接着一拳，他把他感受到的不公和沮丧都发泄到了枕头上。

终于，麦克斯觉得累了——气喘吁吁，浑身瘫软，手都疼了。他这才谨慎地把枕头摆回了原位。

他感到一阵轻松，知道自己该做什么了。

麦克斯站在镜子前，整一整衬衫，抚平头发，系好领带。他再一次藏好自己的情绪，回到了客厅。

父亲放下报纸，把儿子叫过去。“你为下一步做好准备了吗？”他盯着麦克斯的眼睛问道。

麦克斯不知道“下一步”指什么，但他知道，不管父亲命令他做什么，他都已做好准备。

“是的，长官！”他干脆地答道。

父亲搓了搓下巴，沉默片刻，然后像是暗自同意了什么似的，点了点头。“很好，”他说，“我有件事要问你，或许能让你高高兴兴地搬家。”

难道父亲听见卧室里的动静了？他怎么会知道麦克斯不高兴呢？“父亲，我没有不高兴，”麦克斯连忙解释，“不论您让我——”

父亲抬起一只手：“我还没说完。”

麦克斯把后半句咽了下去，紧张地等待着。

“你想工作吗，儿子？为我们的政权效力，你准备好了吗？”

“为希特勒效力？”麦克斯惊呼，“我想！我准备好了，长官！为希特勒效力是无上荣光，我求之不得！我愿意把自己完完全全地献给他。其他的一切都不重要。”

父亲摘掉眼镜，认真地看着儿子。他好像在研究麦克斯，好像在寻找言辞中的漏洞、承诺里的谎言、忠诚里的迟疑。

他没有找到那些东西，因为他终于点了头，然后说道：“很好，我已经跟管事谈过了，看能否给你安排个职位。今天早上得到的回话是，年满十六岁才能到那儿工作，所以你的年龄要保密。因为我的级别不低，而你自己在希特勒青年团表现不错，他们才肯给你机会，让你也去帮帮忙。”

“去奥斯威辛？”在青年团活动时，麦克斯曾听过关于奥斯威辛的只言片语。他并不清楚那儿究竟是什么地方——似乎秘不可宣——但他知道，那是一个很重要的地方。也许，是重中之重。

“对。不是什么正式职位。做些案头工作，打打杂什么的。总之，不管怎么样，你要记住，如果有人问起，你就说你十六岁。”

麦克斯简直不敢相信自己听见了什么。他竟然有机会到奥斯威辛去工作？他不用跟学校里的男孩们玩打仗游戏了。他即将与真正的战士共事。

当然，他会想念慕尼黑的朋友们。不过，他之前也曾被迫抛开朋友，也并没有要死要活的。而这一次的离开，会将他置于自己赖以生存的世界的中心。

“谢谢您，父亲。这真是太好了！”麦克斯说。

父亲戴上眼镜，又看起了报纸。麦克斯知道，这代表自己可以走了。他回到了卧室。这次他不想打砸什么东西了。这次他一肚子的火不再是愤怒或失望，而是激动——肾上腺素已经传遍了全身。

突然之间他就等不了了，他恨不得现在就离开慕尼黑。奥斯威辛会将他变成一名真正的战士，身体上和灵魂上都是。他要将五年来奋斗所得的一切，在奥斯威辛付诸行动。

奥斯威辛将是他的命运转折之地。

埃尔莎

我已经好几个星期没有见过爸爸和奥托了。我都不知道他们是否还在人世。没有爸爸的音讯，爸爸的那个朋友也不见踪影——妈妈说他两个星期前就不在厨房帮忙了。

我们无从知晓他们的情况，除非搭上性命一试。

然后，该来的终于还是来了。他们懒得在夜里发纸条了——转运越发频繁，人数越发庞大，用数字条通知太慢了。最近几个星期，我觉得我们好像生活在一扇旋转门里，每一天都有几百人进来，几百人出去，进来，再出去。每一天，我们这些剩下的人都会祈祷感恩，庆幸自己还没有上车。

不过，今天，我们的运气似乎用尽了。

“你们几个，走了走了。”步枪戳着我，把我弄醒了，“起来收拾东西了。”

警卫们走向临近的铺位。“走了走了，打包，收拾。”还有旁边的铺位，其他的铺位。

看来，我们整个营舍都要转移了。

我轻轻地摇摇妈妈。她躺在我身旁，沉睡未醒。我不愿意把她从美梦里拽出来，可要是不这么做，就更惨了。

“妈妈，”我轻声叫她，“咱们得起来了。”

妈妈摸索着我的手。“我听见了。”她说。她的声音绵软无力，就像她的身体一样，毫无生气。我最近很担心她。她太瘦了，我夜里都不敢搂着她，我怕那一点点重量都会把她压坏。

我们默默地撑起身子，穿上几个月没洗过的衣服，按照惯例看看彼此的头发里有没有虱子，伸展疼痛的四肢，免得动起来更疼。然后我伸手从铺位底下拉出袋子，把日渐稀少的东西装进去。

我隐隐约约地记得，自己曾为该带走哪件漂亮的裙子、一个包里能塞几双亮晶晶的鞋子而烦恼。后来，这个问题变成了一个箱子能装下多少实用的衣服和纪念品。现在，我没有漂亮的东西了，也没有亮晶晶的东西了。我只有几件换洗衣物，全都又脏又破。我意识到从前的自己是那么愚蠢，竟然以为那些东西很重要。但仍然有东西是重要的。藏在衣服里的珍贵宝物：利奥、麦克斯和我的那张合影。啊，那仿佛已是好几辈子之前的事了。

只要这张照片还在，我就可以告诉自己，照片里的女孩还在。在某个地方，存在着。

很快，所有人在外面集合完毕，等着被运走。

今天的“好事”：我已经没有力气害怕了；我的身体里已经没有水分可供流泪了。

竟然有两件“好事”，格丽塔一定会为我骄傲的。

格丽塔。她已经走了——我不知道是什么时候发生的。有几个星期了。但具体多少天，我不知道。时间失去了意义，不可计数。

我在寒风中站着，几乎感觉不到吹在脸上的风，也感觉不到纸一样薄的鞋子底下的雪。

我是过去那个我的鬼魂。

但就在他们命令我们往前走的时候，发生了一件事，让我重新活了过来。

“埃尔莎！埃尔莎！”

一开始我没有回头。我不想向幻觉投降——失望会让我彻底崩溃的。

可妈妈看了我一眼，这说明她也听见了。于是我转过身，朝声音所在的方向张望。我看见他了！和我一样，他也是过去那个他的苍白轮廓，但我们目光相接时，他脸上露出的笑容让我确信，那就是他，真的是他！

奥托，我的哥哥，他还活着。

喜悦猛地扑上来，压得我胸口剧痛，非得按着才行——这一片只剩肋骨了，它们够结实吗？能承受我心中快乐的重量吗？

我和妈妈手拉着手，一边往前走，一边一点点地往那边凑。他也慢慢地往我们这边靠拢。他现在跛得厉害，所以走得很慢，可当距离再拉近一些，我才发现，不只是奥托。在他旁边，还走着一个瘦削、苍老、佝偻着身子的男人。

这一次，我的心被撕扯成了两半。“爸爸！”

我们团聚了。我们一家四口。

我身体的每一寸都痛苦不已，我想扑过去，紧紧地拥抱他们，再也不松开手。可是，不行。我们都见识过，即使做出不怎么出格的动作也会挨打。我看见他们的眼睛里也流露出同样的渴望。但我们懂得这里的规则。我们知道妄动的后果。

好吧，知道他们还活着，走在我旁边，这已经足够让我安心了。

走啊，走啊，终于走到了铁轨旁。可铁轨上没有火车。至少，没有我以前坐过的那种火车。我只看到了运输牲畜的车厢，长长的一排。我以为要等这些车厢挪走，给我们坐的火车才会开来。

然而，运牲畜的车厢并没有开走，车厢门倒是打开了。警卫命令人们进去，又是吆喝，又是推搡，好像我们只是一袋袋垃圾，不管有多挤，只要能全塞进去就行。

人群灌进车厢。妈妈攥着我的手，我抓着奥托，看见他的另一只手拉着爸爸。

“千万别挤散了。”妈妈气息微弱地说道。

该我们上车了。面前的这节车厢里已经挤得满满当当了，我觉得应该进下一节车厢。我不敢松开妈妈的手，只转过头去看。突然，一枪托扫了过来，撞得我猛地向后仰倒。

“进去！”警卫吼道。

怎么进去呢？车厢里没地方了呀。

但我们没工夫迟疑。推、挤、生拉硬拽，我们被塞进了车厢。我撞向车厢壁，脸贴着木板条。妈妈在我旁边，奥托和爸爸被挤到另一边去了。不过只要我动动脖子，就能看见他们。我们在同一节车厢里。四个人在一起，这才是最重要的。

我还记得来特莱西恩施塔特时乘的那趟火车有多挤。但至少，那是人坐的火车。至少，我们还能喘气。

车厢已经装满了人，可还有更多的人往里挤。身体贴着身体，我都不知道自己是站着，还是就那么头朝上地卡在人群中。而警卫还在推搡、压挤，不依不饶。我梗着脖子去看。没有空间了，一丁点儿都没了——难道他们看不见吗?

有人被迫踩在上面，有人被迫垫在底下。人，弯着腰，弓着背，插满了所有尚存的空间，包括同伴的头颅之上。人，彼此交错，叠成两层，塞满了运牲畜的车厢，一寸缝隙都不剩。

太匪夷所思了。

我的脸贴着墙壁，暗自祈祷：不要再塞人了。

不知过了多久，他们终于满意了。我听见车厢门砰地关闭，门闩落下，“满员”了。

车厢里没有空间，没有空气。我不知道这儿挤了几百人，但不管数字是多少，氧气肯定是不够的。

我们默默地等着。没法儿说话，没有空气啊。现在唯一能做的就是想办法找到一点点缝隙，呼吸——运气好的话，可能行吧。

随后，一声巨响，车厢猛地一震，开动了。

火车走得很慢很慢，吱吱嘎嘎地碾过铁轨，像是碾过这个抛弃了我们的世界。

我试着想象外面的样子——这昏暗、腐臭的车厢外面的样子。

我想象着森林和田野。绿色的草地，红色的树叶，落在枝头的白雪。我恍惚听到了松鼠窸窸窣窣的声音——小家伙把树枝蹬断了。

我的思绪如坠梦境。世界不再真实，不再存在。对于我们来说，存在的只有黑暗，只有呻吟声，只有一个人放弃求生意志时的最后喘息，只有身上散发出的汗臭味——专属于勉强活下来的人。

火车继续前行。我算是很幸运的。我的脸贴着的木板条之间有一条小小的缝隙，稍稍挪动脑袋，就能攫取一丝空气。那感觉不亚于找到一座金矿。

走啊，走啊，火车不停地走。

可能过了好几个小时吧，车停了。到了吗?

可是，到哪儿了呢?

车厢门开了，警卫们站在外面。“把死人扔出来！”其中一个嚷嚷道。

他唤起了我关于维也纳的记忆。那时，常常有人推着车，走街串巷，吆喝着回收人们不再需要的废弃金属和零碎杂物。

现在的我们，与之无异。

遗体在一双双手间传递，最后送到了门外。纳粹警卫拎起他们，往地上一扔，随后就关上车厢门，再次闩死。

纵使我已经历了这么多，也无法相信眼前的一切。

有谁在说话。低沉的轻语。他们在说什么？

更多的人发出了声音。我很快就听懂了。

是犹太人哀悼时的祈祷文。

我其实背不下来，但我在犹太教会堂里听过。我静静地听着这低沉的絮语，像听着一首缥缈的歌。我闭上眼睛，渴望这首歌能将我们救出苦海。

火车又停了。一共停了三次。每次都一样：遗体被送出车厢，丢在地上，任其腐烂。

停留三次之后，我已经对这种恐惧麻木了，取而代之的是庆幸和感激：空间多了。

我们可以呼吸了，甚至可以动一动。爸爸和奥托挤了过来。我们四个挤在一起，无言地站着。无论说什么都安慰不了彼此了。

但我们四个还在一起。现在我终于明白，这是最珍贵的赐礼。

麦克斯

“新来的就从这儿进来，”麦克斯的父亲指着铁轨说道，“火车在这片空地卸货。之后分门别类，站成两队，再分别带往适合的地方。右边一队送到营地去，左边一队就去那儿。”

麦克斯顺着父亲指的方向望去。只见一条扬着尘土的小路通往几座建筑，浓烟正从那边滚滚冒出。

出于本能，他没有询问那些建筑是干什么用的。同样，他也没有询问臭味到底从何而来。麦克斯唯有强迫自己用嘴巴呼吸，免得太多臭气灌进鼻子。但即便如此，恶臭还是挥之不去。像是腐烂的肉，他以前从没有闻过这种气味。

他强忍着已经漫到喉咙的胆汁，跟着父亲走过月台。有一群人正在旁边整理行李。

“从这儿走过去就是‘加拿大区’。”父亲冲着月台的尽头摆了下手，“他们挑出来的东西就送到那儿去。”

数以百计的箱子、袋子，像小山似的堆得高高的。那些人一次搬上三四件，一趟趟地往那个“加拿大区”送。

他们走近了一些。麦克斯看见那群人穿着一样的衣服。一样难看的条纹囚服，一样挂在干瘦的身子上。囚服上都有黄色星形或红色三角形的标志。麦克斯知道，这代表他们是犹太人或政治犯。

父亲注意到麦克斯的目光，意味深长地说道："高效工作。"

见儿子一脸茫然，他便多说了几句："这里的一切都跟做生意一样，麦克斯。利润，损失。让囚犯上生产线帮忙，他们能活命——暂且活命——而我们能得到免费劳动力。多合算啊，不是吗？"

"是的，父亲。"麦克斯毫不迟疑地答道。

他不再多想，不再琢磨。毕竟，在达豪集中营，他已经见过不少，来到奥斯威辛，也没必要好奇。事情既已如此，那就是应该如此。他懂。

然而，他突然瞥见了一个人。他认得那张脸。哪怕那个人并没有直视麦克斯，也根本没有注意麦克斯；哪怕那副身躯瘦得只有过去的四分之一，头顶上光秃秃的；哪怕两颊凹陷、表情空洞、毫无生气；哪怕他和其他人一样，早已不被麦克斯视作人类同胞。他依然认出了那张脸。

格伦伯格先生。利奥的爸爸。

麦克斯心里涌起一股怒火。他怎么又出现了？先是在达豪，然后又是这儿？他此刻出现，是为了嘲弄自己吗？这个人为什么像自己童年的鬼魂一样，不管自己走到哪儿都跟着？他好大的胆子！

但麦克斯已经是一名优秀的士兵了。麦克斯压下怒火，重新打量眼前的这个人。他不是鬼魂或者笑话。他是个考验。就像利奥的信和父亲让麦克斯烧掉的那张旧照片一样。是父亲故意把格伦伯格先生弄来的吧？麦克斯毫不惊讶。反正，不管到底怎么样，他识破了这一幕：他在接受考验，只要通过了就能得到这里的职位。

好啊，他才不会栽在这种小测验上呢。

于是，麦克斯立刻转过身，跟着父亲往回走。哼，那个人想引起他的注意，逼迫他承认他们曾经认识——他不会给那个人机会的。

回到月台上，父亲指了指远方驶来的一节节木头车厢。“新来的到了，”他说，“这儿要忙起来了。到我办公室去吃午餐吧。”

麦克斯跟在父亲身边，闷声不语地往前走，只有遇见士兵时才跟他们互道一声“希特勒万岁！”。

他的脑袋里仿佛有两个小人儿在争吵。一个小声地说，是不是该跟格伦伯格先生打个招呼，哪怕点头致意也行啊。另一个却大声地嚷嚷说，不，还是这样更安全。就像多年前离开维也纳，迁到慕尼黑，重新开始生活。就像烧掉利奥的信，以及那张旧照片。就像把记忆、思想和感情全部锁紧在内心深处的昏暗角落。还是这样更安全。

埃尔莎

我们到了。在运牲畜的车厢里熬了几天之后，终于，火车停了，引擎关了，门打开了。

外面的亮光猛地刺来，灼痛了我的眼睛。依令排队下车时，我不由得用胳膊挡住了脸。

爸爸和奥托被拉到了月台另一边的队伍里，还不等我们说声再见，他们就被迅速带走了。

到处都是警卫。“站这儿。你，过来。快点儿。”他们拽着我们的胳膊，让我们排成一列。

“把行李放在这儿，”一个警卫指了指月台边，“稍后会送还给你们。”

我们按照要求，把箱子、袋子放了过去。一群人走过来收行李。

我心里冒出了一点点安慰：竟然有人帮我们拿行李，看来，不管这是什么地方，总算还不太糟。

那些人挤过队伍，来拿我们的东西，他们走近时，其中有个人突然停住了——非常短促地停了一下，然后就继续向前走来，并且直直地盯着我。他为什么要看我呢？

他身上有一种熟悉的气息，但我想不起来他到底是谁。他的脑袋上没有头发，脸灰蒙蒙的，像扣着一张灰色的面具，两颊深深地凹了下去，条纹衣服软塌塌地挂在他干瘪的身上。我应该没见过这个人。可我就是觉得，我认识他。

他径直朝我走来。不等我害怕或躲闪，他已经凑近了我的耳朵。“埃尔莎，是我。”他的声音沙哑而急迫，“我是利奥的爸爸。”

我大吃一惊，急促地呼气。根本控制不住。

“嘘！”他严厉地制止我，然后急匆匆地说道，“听着。非常重要。你十七岁。”

“可我不是啊。”我说。难道他忘记了我的年纪？我和利奥同岁，他总不至于忘记儿子的年纪吧？

利奥？他也在这儿吗？他全家都来了？我已一无所有，但还抱有一丝希望。

格伦伯格先生微微摇头。“你十七岁！”他重复道，“他们问你，你就说你十七岁！”

我还没来得及问他“他们”是指谁，问他为什么要我撒谎，他就转身走了。把我的希望也带走了。希望也像谎言。我其实并不希望他在这儿。我不希望我们当中的任何人在这儿。

妈妈就在我旁边，但她根本没注意到我和他人的对话。她的目光牢牢锁住了远去的那一队男人。“他们要去哪儿？”我从未听过她这样的声音。带着哭腔的声音。

“我的丈夫。我的儿子。”妈妈两腿发软，就要倒下去了。

我轻轻地搀着她，扶稳她。决不能让警卫看见她这样。

我用胳膊搂紧她，撑着她的腰往前走。“妈妈，咱们必须坚强点儿。”某种深层的本能占了上风，它告诉我：现在全都靠你了。

“我知道。”妈妈喃喃说着，倚在我身上。她是这样矮小，这样瘦削，这样脆弱。“可我好像没什么力气了。”

我无言以对。我的喉咙像是锁死了，说不出话来。我只能继续搀着她，在土路上跌跌撞撞地往前走。

快轮到我们了。前面只剩几个人了。不知怎的，我飞快地转向妈妈——我最亲爱的妈妈，我的根基，我的心，我的世界——我用手捧着她的脸，感情炙热地说道：“妈妈，我爱你。”

她望着我，扯动干裂的嘴唇，拼尽全力般露出微笑。“我也爱你，”她的声音像砾石在磋磨，“我永远爱——”

“松手！松手！”警卫突然冲过来大吼，吓了我一跳。我伸手擦掉了他喷在我脸上的唾沫。他一看就恶狠狠地狞笑起来，喉咙里发出骇人的咔咔声，然后盯着我的眼睛，冲着我又啐了一口。

那口唾沫顺着我的脸颊往下淌，淌进了我的嘴里。他笑眯眯地欣赏着，看我敢不敢再擦一下。我当然不敢。我知道他准会变本加厉。所以我就任由那口唾沫留在我的脸上。

另一个警卫走过来，想把我往前推。妈妈挡在了我前面，直面那身着党卫军制服的高大男人。警卫看了她两秒钟，指了指左边：“去那边。”

妈妈回头望着我。我冲她笑笑。我想告诉她别担心，我们一会儿就能再会合。我想再对她说一遍“我爱你”。我想提醒她“坚强些”。我想为她做任何事、所有事。我想把她望着我的这几秒拉长，拉到“永远”那么长。

一个警卫把她拽走，另一个警卫推我向前。轮到我面对那个高大的党卫军了。他的分头梳得一丝不乱，眼睛黑洞洞的。他盯着我看。

“年龄？”他问，像评估一件货物。

我从来没有撒过谎。爸爸妈妈曾说撒谎是最糟的恶行。可我现在已经不相信这句话了。因为在过去的几年里，我看尽了比撒谎更卑劣的行径。而且，格伦伯格先生应该比爸爸妈妈更了解这个地方吧。于是，我清清喉咙说道：“十七。”

他打量了我一会儿，搓着下巴，上看下看。我讨厌他看我的方式。那让我觉得自己很脏，像赤身裸体。突然，他指了指右边：“那边。”他说完就让我走。

等等。不对，他弄错了。我不该去右边。

警卫拽着我往前走。“求求你！让我跟妈妈一起走！”我央求道。分到左边的一队踉踉跄跄，她们脚下尘土飞扬的小路通往几栋建筑，那屋顶上矗立着的烟囱正滚滚地冒出浓烟。我看见妈妈站在队伍里，低着头，拱着肩，拖着脚挪动。

细看之下，我才发现爸爸和奥托也在那队伍里。爸爸走在前面，奥托一瘸一拐地跟在旁边。我的三个至亲，正渐渐远去。

我的心碎了。

“你们弄错了，”恐惧像火焰似的熊熊燃起，我极力地解释，“我的家人都在那边。我得跟他们在一起。”

警卫大笑起来：“相信我吧，你肯定不想去那边。”他说完就用枪托撞了我一下，示意后面的人加快速度。“跟上，快点儿。要懂得感恩啊，你们这些幸运的东西！”

可我根本不觉得自己幸运。我所熟悉的、我所挚爱的一切都被夺走了，只留下这一副躯壳，不准赴死。

我一无所有了。我孤身一人了。这算什么幸运！今天，我实在找不出“好事”来了！

后面的女人推搡我：“快走，快走，别等他们来催。”

我的腿没有询问我的意愿。我的身体笨拙地挪动。我的眼睛竟然从我的身体深处觅得了水分。一滴眼泪实实在在地淌到了脸上。我的脑海里只有我亲爱的妈妈。她走了，垂着肩，垂着眼。

妈妈！妈妈！

我的心，我的世界，我的一切。

我颓然地走着，尽量不问自己——他们到底把我的家人带到哪里去了？怎样才能让我们再相见？心跳声应和着脚步声，若有似无。

我要妈妈。

我要妈妈。

我要妈妈。

最后，我们到了。终点，到了。

两个警卫守着一扇黑色的大门，门的上方有几个大字：劳动使人自由。

一个警卫打开大门，站在旁边，伸出右臂，直指前方，冲押送我们的警卫大声说：“希特勒万岁！”

“希特勒万岁！”我旁边的警卫回了个礼。

他转过身，命令我们进去。

“到家了，甜蜜的家，”他看着我们一个一个地走进去，说道，“欢迎来到奥斯威辛。”

我们如同聋了、哑了一般，无声无息地穿过了大门。

他们命令我走过去，然后摁着我的头，用粗粝的刀片刮过头皮。我看见我的头发——打着结的、红色的、卷曲的头发，一缕缕地落在地上。我还记得格丽塔曾说，我的头发是她的挚爱。我仿佛还能看见她仰头大笑的模样。

和其他的一切一样，有格丽塔在的生活，也不属于我了。

我们沉默着走进房舍，乖乖脱下衣服，在他们的推来搡去和吆喝命令中完成了淋浴。我们穿上那些破布片，听话地伸出胳膊，让他们刺上数字。我们什么反应都没有。

我不再有家人，不再有名字，不再有头发，不再有衣服。至此，我的最后一样东西——我之所以是我的那个定义——也被拿走了。我只是个活物。

有什么东西关闭了、结束了，缓慢的死亡过程，开始了。

1944年

利奥

安妮和妈妈在厨房里。我听见她们又是聊天，又是大笑，还说了不少八卦，都停不下来。她俩把我关在外面，说只有经过她们同意才能进去。

我假装吃醋。“现在你见我妈妈可比见我还勤呢！”我笑话安妮。刚刚进门时，她竟然先抱了妈妈，然后才跟我问好。但安妮知道，我其实一点儿也不介意。她和我一样清楚，让妈妈开心，我才开心，她自己也开心。

不过，一个小时也太久了。我有些无聊了。

我敲了敲厨房门：“能让我进去吗？”

“再等两分钟！”安妮说。

我就傻站在门口数数。最后，门总算开了，安妮让我进去，脸上露出了只属于我的笑容。

那样的笑容让我的心怦怦直跳。我觉得，只要她愿意，让我再等一个小时都行——毕竟我能等来那样独一无二的笑啊。

“进来吧。”她说。我跟着她走进了厨房。

妈妈正在水池边洗洗涮涮。她转过身，在围裙上擦了擦手。“准备好了？”她问安妮。

安妮点点头，妈妈便打开了小烤炉的炉门。“你来吧。”她说着把隔热手套递给了安妮。

安妮戴上手套，把手伸进烤炉，端出了托盘。托盘上有一样东西。

一开始，我还以为自己看错了。

这是海市蜃楼吧。是幻觉吧。可是，就算我的眼睛能骗过我，我的其他感官也不可能全部背叛我啊。我闻见了。这个香味。我的最爱，我一辈子也忘不了的香味。

我瞪着她俩，惊讶得合不拢嘴。

“是萨赫蛋糕。”安妮说。

“我知道这是萨赫蛋糕！”我说，“但我不知道你们是怎么做出来的啊！这些材料多稀罕啊，糖、黄油……还有真正的巧克力！”

“上个月，你有双鞋嫌小了，记得吗？”妈妈问。

“记得啊。”我很纳闷，不明白鞋和蛋糕有什么关系。

“我拿它换了巧克力！”

“什么！”我忍不住大笑起来。

“我不是跟你说过，我在做针线活嘛，但做针线活又是为了什么呢？”安妮说。

“啊？”

“就是为了这个啦，”她说，“做针线活是为了买面粉和糖。”

“我也请斯图尔特夫妇帮了忙。”妈妈接着说道，“他们从一个旧罐子里找到几颗杏仁，送给了我们。”

我看着她俩："可……可是，我不明白啊，为什么要做蛋糕呢？今天不是我的生日啊。"

安妮向我走来。"不是你的生日，"她说，"是我们的纪念日。"

我一下子哽咽得说不出话来。我揽着安妮的肩膀，然后挽住妈妈的胳膊。

"太不可思议了，"我轻声说，"谢谢你们。"

我们就这样待了一分钟。我们三个都清清楚楚地知道，这儿本该还有一个人。

"好了，快来吧。"妈妈说。她必须赶在那些念头变得具体、毁掉此刻之前迅速抽离。"咱们趁热吃蛋糕吧。"

大家围坐在桌边，妈妈给我们一人切了一大块。

吃蛋糕的时候，我闭上了眼睛。我从没吃过这么好吃的蛋糕。

后来，我们一起收拾厨房，一起笑着玩游戏，一起天南海北地聊天，聊到天色都暗了……我觉得自己是世界上最幸运的男人。

我不住地望着我生命里最重要的两个女人，她们为我所做的一切都令我陶醉。

妈妈和安妮。

我的心，我的世界，我的一切。

埃尔莎

我还记得以前，我每天都要想一件“好事”——那时，我还没来到奥斯威辛；那时，我还是个孩子。

如今回忆起来，那仿佛是另一个人的人生。想到这些我就觉得胃疼，像被人踢了一脚。哦，我已经习惯了。其实这比挨踢更糟。这种疼，就像挨了致命的一脚，再也缓不过来了。

我亲眼见过缓不过来的人。见过太多了。他们就喜欢让我们看着。这是纪律，是提醒。

最近我总是走神。带电的铁丝网唯一挡不住的东西，就是思绪。思绪是那么自由，我真嫉妒。

你会嫉妒你自己的思绪吗？

思绪就像我和格丽塔养过的那些小猫咪。叫什么名字来着？我使劲儿地想。这就像小测验，可以验出我的思绪是否还在我的躯壳里。

特莱西！菲利克斯！没错。它们就可以随意地进进出出。

在奥斯威辛，想出去只有一条路。

在奥斯威辛，“好事”也只有一件。

格丽塔。

她是个奇迹。她是我每天都要说的“好事”。她是唯一能让我活下去的支撑。和我们相比，她来得更早，熬得更久。她的命会比我的长。我现在几乎没什么活气了。

夜里，我依偎着我的思绪，躺着。四个人挤在一张床上，一动不动，不管谁抽搐一下都会破坏“形状”，无法继续。只有在所有人都想动的时候，大家才能动一动。让她们的梦境再延长几分钟吧，这是我唯一能为别人做的好事了。

我们就像挤着取暖的野兽，像没有母亲却必须在野外过活的婴儿。

母亲。

我不能想这个词。一想就痛不欲生。可是，晚了，我的思绪已经捉到她了，看见她离开我时佝偻的背和肩膀了。爸爸和奥托也在那一队里，就走在她的前面。那是我拥有家人的最后一刻。

必须想点别的，不能让这一幕再击垮我。

我的衣袖。我的囚服。摸一摸。现在就摸一摸吧。

为了不惊动床上的其他人，我小心翼翼地伸手，去摸我的衣袖。粗布底下的软纸卡起皱了。我像盲人阅读盲文似的，用手指轻轻地拂过。我的思绪安宁下来了。

我曾经的朋友们。

他来找过我。只有一次。格伦伯格先生。他趁看守不注意，溜出来一小会儿。他向我走过来，伸着手，像要跟我握手。

“你昨天的表现很好。”他说。

表现？什么意思？我知道那些党卫军有时会让女孩陪他们跳舞。女孩们回来的时候都是泪水涟涟，并且绝口不提发生了什么。不过他们从没叫我去过。

我正要提醒他弄错了，就发现他手里有东西。

“拿着。”他轻声说道。

我也伸出了手，就像真的握手那样。我知道了，不用看我就知道，夹在我们掌心之间的那张纸卡是什么。那折痕，那光泽，那磨损的边角，我全都认得。

“我在‘加拿大区’找回来的。”他说。

加拿大区。那是他们对我们撒的第一个谎。当时站在月台上的那个我多么天真啊，还以为他们会把行李还回来。

事实是，我们再也没见过自己的行李。

而我的珍贵的照片，竟然失而复得了！把它交还给我的，竟然是拍摄它的那个人！

“藏起来。”格伦伯格先生急促地说，“藏好了！”

说完他就走了。

一个星期之后，格丽塔找来了。我得到了两件礼物，在一个星期之内。我们的重聚就像是——我形容不出那种感受——就像找回了自己的一部分吧。不可缺少的部分。从她来找我的那一刻起，我就知道，要是没有她，我一天也活不下去了。

我不知道她是怎么办到的，反正她搬到我这个牢房了。此刻她就睡在我身旁。什么也不能把我们分开。我们是双生的亲姐妹。

我把照片的事告诉她，她紧紧抿住了嘴唇。

“放在哪儿了？”她问。

我指了指床铺。我们每天晚上都要睡的那张床垫爬满了跳蚤、又脏又破。“在那底下。”我说。

“埃尔莎，不能放在那儿！”她说，“比这小的过失都会送命！”

转天，她不知从哪儿找到了一根针和一点儿棉花。格丽塔就是有这种本事，但她从不告诉我到底是什么办法。“你还是不知道更安全。”她说，“相信我吧，我做的那些事，你绝不愿意做。”

她说这话时，脸上露出了饱受折磨的痛苦神情。于是我再也没问过。

那天晚上，她就把照片缝进了我的衣袖里。一直藏在那里。

我的耳边突然响起了格丽塔的低语。夜里叠在一起睡觉时，她躺在我后面，胳膊搭在我身体上。“身体”，姑且算是吧，我们现在都是会动的骷髅而已，“身体”这个词显得太大了。

“埃尔莎，你睡了吗？”她轻声问，“没睡就捏一下我的手。”

我摸到她的手，捏了一下。

她把声音压得更低，我必须屏住呼吸才能听见。“咱们逃走，今晚。”她说。

我强忍着才没从床上跳起来嚷嚷“什么？”。

或许，就算我真的敢跳起来，我也没那个力气了。我不知道该如何回答，只好继续躺着，一言不发，浑身僵硬。

“你听见了吗？”格丽塔问。

我又捏了一下她的手。

“之前没告诉你，是因为我不希望把你卷进来。太危险了。”

我拧着脖子，尽量不惊动同一张床上的其他人。“他们会杀了你的。”我轻声说。

“反正迟早也是个死。”格丽塔答道。她停了一下，又说：“埃尔莎，待在这儿就是死定了。现在这样根本不算‘活着’。你现在不用答复我，考虑考虑吧。不过行动就在今晚，我希望你一起来。”

几分钟后，新的一天开始了。刺眼的灯光，尖厉的吼叫，囚犯头——就是这间牢房里管事的女囚——催我们赶快起床。

我觉得自己是个九十岁的老妪，全身上下的每一颗细胞都疼——因为饿，因为冷，肌肉虚弱，动弹不得。

可我们必须动起来。半个小时后，我们就得在院子里集合完毕，进行今天的第一次点名。我的双脚布满了血痂，溃破不止，它们拖着我走过高低不平的水泥地面，然后踏进水坑里，一站就是几个小时。有时候会短些，但通常会更久。有一次，他们把我们晾在那儿，站了一整天。那次点名，监视我们的看守换了三班。他们三班就算满勤，之后就可以回家了。

家。

想象而已。

为了不让我们走，他们的理由五花八门。有人应答时犹豫了，从头再来；数字有点儿小错，从头再来；喊号的声音不够大，从头再来；看守们觉得无聊了，想找点乐子，从头再来。

我亲眼见过有人在点名时死去。当你的身体里没有任何热量能抵御寒冷，也没有任何力量能支撑你站住时，你就很难抗拒“放弃”带来的轻松了。放弃，结束。

然而今天，让我眩晕的不只是饥饿，是“结束”的全新方式。

逃走。

我们能成功吗？我信任格丽塔，把命交给她都行。我知道，我们就是彼此的命。我也知道，不管多活几天，终点都是死。也没有什么可失去的了，对吧？

我决定了，我要和她们一起逃。

希望和渴求让我的身体里多了一丝活气。这活气持续了——说不清——几分钟？几秒钟？我很想让它多留一会儿。可这里是奥斯威辛，“希望”是违禁品。只要流露出一点点，就足够受罚了。

果然，惩罚立刻就降临了。

一个党卫军走到我们前面，和已经守在这儿的两个看守耳语了几句。看守抻着脖子听完就点点头，然后一磕脚跟，立正站好，行了他们那个“希特勒万岁”的礼。

后来的那个党卫军展开一张纸，转向我们，喊道：“叫到号码的人，出列！”

一个个女人应声出列。一种诡异的预感突然袭来，我的胃拧紧了，恐惧弥漫全身。在他喊出格丽塔的号码之前，我就感觉到了。

不。不！

我看见她舒展肩膀，扬起下巴，后背挺得笔直。我看见——仿佛隔着一层湿漉漉的雾气——她穿过队伍，走到前面。我看见一个看守抓住了她，另一个看守猛踢她的肚子。

然后我就什么也看不见了，什么也听不见了，什么也理解不了了。我渺小的反抗，就是拒绝相信发生在眼前的一切。

结束了。

她死了。我最后仅存的信念——人性、救赎、幸存，一切的一切——都随她一起死了。

他们终于肯放我们走了。我动不了。我无处可去。我无根可依。连接我与这世界的锚，已经消失了。

我们牢房的一个女人走过来拉我的胳膊。“埃尔莎，来。”她的声音是温暖的，但是安慰不了我。

我已经是活死人了。

麦克斯

快到傍晚了，麦克斯换班上岗。像往常一样，他大步跨进大门，满怀自豪地抬头望了望上方的大字：劳动使人自由。

他确实通过劳动获得了自由。他如鱼得水，乐在其中，哪怕生日当天还要上班也完全不介意。要实现对希特勒的忠诚，没有比尽职尽责更好的方式了。

他朝着分给他的巡逻区域走去。一开始，他只能在办公区帮忙打杂，处理文书，甚至替军官们倒饮料。最近，父亲想办法把他调到了外围警戒岗。他喜欢这种工作带来的重要感，也喜欢时刻警惕、时刻戒备的感觉。

麦克斯向党卫军军官卡尔了解了当天的情况，然后接了他的班。今天有几个女人惹了麻烦——好像是策划逃跑——还好他们防患于未然，抓了人，处理掉了。

她们再也不能惹是生非啦。

麦克斯和卡尔面对面地行了个纳粹礼，喊过“希特勒万岁”之后，卡尔转身离开，麦克斯准备就位。

站在甬道对面的警卫罗尔夫跟麦克斯关系不错。“嘿，寿星！”他说。

罗尔夫怎么知道今天是他的生日呢？他知道麦克斯今天才刚满十六岁吗？

麦克斯一直严格遵守父亲的命令，从来没有跟任何人说过自己的真实年龄。

罗尔夫仿佛听见了他脑袋里的疑问似的，主动解释道："是你父亲告诉我们的。他说该让你处理一次了。"他说着从枪套里抽出手枪，递给了麦克斯。

手枪握在手里，沉甸甸的。麦克斯端详它时，罗尔夫又说："想见识见识真本事吗？坐办公室有什么意思啊？在外围溜达也很没劲。"

麦克斯微微一凛。卡尔和罗尔夫都是二十几岁，比他来得早。他们总提起"真本事"，热切地标榜自己勇敢、强壮、暴虐。麦克斯见惯了这样的人，他钦佩他们，向往他们。

但有时候，他却忍不住胡思乱想。他想知道他们的话里有几分真、几分假。他想知道那是不是真正的信仰——还是只是为了利益。

当然，他也会跟他们一起聊，捧场地大笑，刻意地放大嗓门儿说话，嘲笑那些拱肩缩背、衣衫褴褛、踉踉跄跄的囚犯。

然而，总有些时刻，麦克斯能瞥见伪饰之下的真相。

他不是傻瓜。他也不再是小男孩了。他们或许不会直接告诉他，但他已经明白，那些每时每刻都在冒烟的烟囱，意味着什么。

他也明白卡尔刚才所谓的"再也不能惹是生非"和"真本

事”是什么意思。

有时候，麦克斯来不及克制思绪，脑海里就有微弱的声音在质问：这就是他所渴望的吗？这就是“优越种族”该做的吗？

他还会想，是不是只有他一个人心存疑惑。卡尔和罗尔夫那样的战士，会不会也曾这么想？甚至他的父亲，一直效忠于希特勒和纳粹政权的军官，是否也曾提出疑问？

他永远不会知道答案，因为他知道，决不能把问题宣之于口，决不能有一丝一毫的怀疑，决不能有一丝一毫的暗示。他现在已经深陷其中了。

于是他咧嘴一笑，转向他的同事：“当然想啦！”

“好极了！”罗尔夫拍了拍麦克斯的背，满面微笑。同仁情谊融化了他的思绪。他觉得浑身都松快了。他仍然是他们中的一员。

罗尔夫又冲着卡尔喊道：“你能替麦克斯再守一会儿吗？”

“哎呀，我太太都做好饭了，是我最爱吃的菜！”卡尔抱怨道。

“行了行了，就一会儿。给麦克斯的生日礼物嘛。”

“好吧，不过我只能多待十五分钟。”

罗尔夫摆摆手。“用不着这么久。”他说。

麦克斯跟着朋友往操场尽里面的 11 号牢房走。另一个警卫托马斯已经等着了。

麦克斯从来没去过 11 号牢房。但他知道那是什么地方。

他强迫自己的腿向前迈动，强忍着本能的颤抖。他勒令自己的心不要狂跳，手心不要出汗。他逼迫自己不去想即将发生的事。

他要提醒自己，能来这里，是多么幸运。这是他接近纳粹政权核心的机会，是他为希特勒服务的机会。

总之，麦克斯能确定的是：今日之事，乃是无上荣耀。

埃尔莎

他们来的时候都快傍晚了。倒也没什么可惊讶的。我很清楚这地方的规矩。我知道他们迟早都会怀疑到我头上。虽然我根本没掺和那个计划，只是今天早上才听说，可那有什么要紧的呢?

株连，报复，惩罚，不就是这些吗?

一年前的我，根本不相信这一切竟是真的。一个星期前的我，可能会奋起抗争。哪怕是一天前的我，因为有格丽塔在身边，内心深处的某个角落里，也还残存着一息志气，可支撑我稍作拒绝。

可是现在呢?现在我已经一无所有，只是一具空空的躯壳罢了。他们无法从我身上得到任何东西，掠走任何东西。他们没得可抢了。

所以，我任由他们把我拖出了牢房。他们一左一右地押着我，两侧可憎的房舍看着我，宽阔的甬道通向前方。

通向我的死地。

这念头真让人宽慰啊。

我再也不用站在这儿报数了——囚犯号码刺在皮肉上，如同牲口身上的标记。

我再也不用捧着脏碗，勉强吞下稀粥了——每天可吃的东西就只有这么一点点。

我再也不用蹲在水坑前，一股脑儿地往嘴里灌脏水了——和脏水引发的恶疾相比，我本能地更怕脱水狂躁症。

我再也不用盯着地上的臭虫妄自菲薄了——谁叫它跑得比我快呢，它能逃过天敌之口，理所应当啊。

我再也不用看着、受着这一切了。在这一刻，我感受到了喜悦。

"进去。"看守命令我穿过一道门。

有三个看守在操场上等我们。两个背着步枪，一个拎着手枪。我只管低头看地。

"站到那边去。"看守指指操场尽头的砖墙。我听说过这面墙。我知道它意味着什么。

奇怪的是，当我走近那面墙的时候，恐惧消失了。格丽塔说过，我们今天就能逃离。她没骗我。要离开奥斯威辛，只有一条路可走。我早就知道了。

"转身。"看守喊道。

我面对着他们。

看守推推拎手枪的同伴。"来吧，"他笑得很开心，"生日礼物。你还没亲手杀过犹太人吧？喏，这就是第一个。"

那人低头看了看手里的枪。他似乎不太笃定，有些犹豫。

他的犹豫反而是一种更糟糕的折磨。快动手吧，快了结吧。

赶紧把我的命拿走，让我解脱吧。

我抬起头看着他，准备求他赶快动手。可这一下，我看清了他的眼睛。

一瞬间，周遭的一切都散开了。时光，集中营，生离，死别，一切都渐渐洇开、褪色、消失。只有一样东西留了下来。

我的声音粗哑。我使出全身的力气才挤出了几个字：

“麦克斯？”

麦克斯

就是这一刻，决定性的一刻。一切通向这里。经年累月训练的时光，成为纳粹政权一员的渴望，为自己赢得一席之地的目标，一切的终点，就是这里。

他为什么会紧张呢？他为什么会站在这里，质疑自己能不能做到？

因为这是第一次吗？别人的第一次，也是这样的吗？他们是不是都得拼命地压抑阻止自己动手的本能？过了这道坎，就能容易些吗？

或许，还有其他的原因？从前的那个麦克斯，还存在于这具躯壳里吗？他知道，一旦动手，就是定义。永久地定义另一个麦克斯。那是他想要的吗？

在士兵制服和虚张声势之下，仍然有一个男孩在呼唤，在渴求赞美，渴求爱，渴求成为某种宏大之物的一部分。他真的希望，以此刻这样的方式得到那一切吗？

别人的第一次，也曾自问这些难题吗？他想知道，知道了就能继续。

他是否可以问问他们？

“等什么呢？”罗尔夫在后面问，“只不过是个犹太人。”

看来不能问，只能付诸行动。

罗尔夫说得对，只不过是个犹太人。他肯定能做到。他鼓起勇气，振作精神，然而这时——

“麦克斯？”

囚犯开口了。

这三个字仿佛一束电流，贯穿了他的身体。

说不通啊。这个没有头发、又脏又臭、瘦如枯枝、遍身血痂皮疹、勉勉强强才能站住的囚犯，竟然知道他的名字？这不可能。

可是……

那声音很熟悉。麦克斯觉得皮肤底下又刺又痒。仿佛一座埋藏了几千年的宝藏，即将重见天日。

“快点儿啊，麦克斯。”罗尔夫已经有些不耐烦了，他催促道，“你打算磨蹭一整天吗？别忘了，卡尔还等着回家吃晚餐呢。”

麦克斯擦了擦额头。尽管天气寒冷，他却出了一头的汗。他深吸一口气，重新举起了手枪。这个犹太人不可能认识他。都是他自己瞎想出来的。

他弯曲手指，扣住扳机。他瞄准了她。

而她冲他笑了。

尽管时过境迁，多年未见，尽管面前的囚犯和当年维也纳那个一起游戏的女孩判若两人，麦克斯还是仿佛直面自己一般，认出了她的笑容。它像一缕阳光刺穿了云层。他想屈服于它，想沉溺于它，想抓住它，一路爬进太阳的暖意里。

“你还在等什么啊？”警卫们嚷嚷起来了。

他仍然举着枪，手指仍然扣着扳机，却止不住颤抖。

她望着他的眼睛，把他钉在原地。周围的世界像是凝固了。

“快点儿！”警卫们叫喊着，他们开始生气了，“射击！打啊！”

麦克斯的手抖得厉害，几乎拿不住手枪了。扣动扳机，只要扣动扳机，就行了。

然而她的脸仍然飘在他眼前。这张脸属于一个小女孩，她有一个最好的朋友，是个天真无邪的小男孩，名叫麦克斯。那男孩曾经幼稚地决定，要娶这个女孩。

麦克斯想到了另一种可能，另一种全然不同的生活。他的心怦怦直跳。

恍若隔世。

麦克斯想要的，不过是融入和归属。可此刻这是要干什么呢？这绝不是他渴望融入和归属的对象。等等，或许，一直都是？在一切表象之下，在他的内心深处，他是不是一直都明白，融入和归属的欲望，将把他引向这里？

是或不是，有区别吗？事实是，他选择了这种活法，正如这种活法选择了他。现在他已经走到了这里，没有回头路了。

汗水黏腻的手掌中，枪滑来滑去。只不过是个犹太人。他能做到。

他握紧手枪，弯曲手指，扣住扳机。

可是她又开口了。

“麦克斯，是我啊。我是埃尔莎。”

埃尔莎，这个名字在他心里引燃了一枚炸弹。

埃尔莎，火光穿过他的身体，照亮了沉沦多年的暗处。

埃尔莎，他的挚友，他孩提时代想要娶回家的姑娘。

然而，现在……现在……

警卫们大吼大叫，他们的耐心撑不了太久。不论曾经的麦克斯是何等模样，他只能是现在的他。

他两只手握紧了手枪，拼尽全力想稳住它。

埃尔莎

片刻之前，我还万念俱灰，觉得活着没有意义，死亡不过是痛苦的终结。

可现在……

他的眼睛是一座桥，通向另一个世界，另一个人生。我不敢说那是“过去”，因为我不相信自己曾经那样活过。然而那样的生活，切切实实地存在过。他就在我面前，提醒着我，那样的生活值得为之一搏。

我不能放弃。我不只是为了自己活命而搏，而是为了比它更宏大的东西。是为了麦克斯吗？还是为了我们所有人？如果我能让他想起自己是谁——军服底下、至今仍不曾消逝的那个他——那么也许我还有重新相信的机会。

“别做这种事，麦克斯。”我轻轻地说，不让看守们听见。

他两只手握着枪，内心却仍然抗拒着。什么样的言语才能说服他？

思绪闪过。我知道了。我有比言语更好的东西。

“等等！求你等一下！”我央求他。

我得把它拿出来。我得让他看看它。

他看见它，就不会扣动扳机了。他必须记起来。他必须看清我。

时间不多了。我疯狂地扯着自己的衣袖。我的手指几乎动弹不得，一点儿力气都没有。

幸好，布料比手指更脆弱。

我摸到它了。我把它从破烂的囚服里拽了出来。我唯一的所有物。除了命以外，仅剩的一件。

我把它递向他。“瞧，”我说，“我还留着。”

他身后的看守们怒吼着。他的枪仍然对准我。但是他的手在颤抖，他的额头在出汗。

我捧着照片的手同样在颤抖。

“那时，世界属于我们。”我说，“你还记得吗？”

麦克斯

他热泪盈眶。他握着枪，抬起胳膊用衣袖去擦。没有用，眼泪不停地流。仿佛身体里的那道大坝决堤了，眼泪像洪水一样，不停不歇，不依不饶，非要将路上的一切都冲垮不可。

他知道她手里捧着什么。

他以为毁掉自己的那张，记忆就随之一起消散了。他以为自己的心已经硬得像石头一样，如父亲所希望的那样。

可是它再次出现了。仿佛凤凰涅槃，告诉他，飞翔是可能的。

他多年前也这样相信。那时，在维也纳的摩天轮上，他和她，还有利奥，并肩而立。

"是你抛下了我。"他发觉自己说出来了，声音就像脚下的碎石那样粗粝。

埃尔莎说要离开的那一天，就是他内心迸裂的开始。失去埃尔莎的痛苦犹如巨渊，渐渐将他吞没。

后来，他失去了利奥。然后，失去了他的家、他的维也纳。最后轮到了他自己。

不，那是谎言。他不能假装事不关己，不能佯装听之任之。

是他渴望如此的。是他欣然接受，是他甘之如饴。是他逃离了过去的自己，拼命地变成另一人。

他想要的，只是有人爱他，有人接纳他，有人为他骄傲。

她挪步向前。“我还是我。”她说。她固执地捧着那张照片，不放手。

“立刻开枪！打死她！”托马斯的吼声灌进他的耳朵里。

麦克斯会变成托马斯那样吗？一个怪物，机器上的一枚齿轮。这机器只会憎恨和杀戮，憎恨一切，杀光一切。

她凝视着他的眼睛。“别做这种事，麦克斯。”她说。

她是对的，他不该做这种事。他不必做这种事。

这顿悟仿佛一颗子弹，射中了他。使你自由的不是这种事，是爱。这么多年来，他一直告诉自己，想要快乐，想要融入圈子，想要在这世界赢得一席之地，他就必须得做这种事。

然而透过埃尔莎的眼睛，他终于看清了。那是谎言。一词一句、桩桩件件，都是谎言。

他冲着她笑了。他走向她。那么近，就差一点点……

“行了啊，麦克斯，”托马斯说，“别考验我。”

等等。考验。这是考验。和其他那些检测忠心的考验一样。这一刻，是要他证明自己。

所有疑问，在走进操场的时候，他都已经问过自己。他想以同样的问题去问真正的士兵。他就是那个士兵。他就是那个有答案的人。

每个人来这儿的时候，每个人第一次杀人的时候，都曾问过自己。他们当然都犹豫过。可后来他们都想起了自己是谁、为什么要来。

把那个男孩永永远远地抛在后面，就在这一刻。跨过这一刻，他就成为真正的纳粹了。

他举起了手里的枪。

埃尔莎

他记得我。他认出我了。他不会伤害我的。我心里清楚。

快乐排山倒海般袭来。我都不知道自己还有感受快乐的能力。如果昨天有人说我还能体会到这种感觉，我肯定会认为他们是残忍的骗子。

然而此刻，快乐就在这里。在我的心里，满满的。这么多年，天各一方，几乎生死永别。现在我们重逢了，回到彼此的身边了。

后面的那些看守还在大吼大叫。他们的脸涨得通红，眼神里冒着怒火。麦克斯不理他们。他眼里只有我。我眼里只有他。

他向我走来。他对我微笑。

突然，旁边的那个士兵说了句什么，麦克斯听进去了。他的微笑冷却了，凝固了。

我周遭的空气随之冷却。我的皮肤一阵刺痛。变了，一切都变了，我感觉到了。我失去他了。

他举起了手枪。他的手颤抖着。

他步步逼近，紧咬牙关。

这时——

砰。

麦克斯

他重重倒地，差点儿把那个女孩也撞翻。

她的脸上浮起震惊与恐惧。她盯着他们，她尖叫着质问他们：“你们干什么！”她跪倒在他身边。

罗尔夫呆住了，一句话也说不出来。

“罗尔夫！”托马斯气急败坏地埋怨道，“你都干了些什么啊！”

“我等不及了。总得有人干掉那个犹太人吧。”

“他就要开枪了！”托马斯说，“你干掉的也不是犹太人，是麦克斯！是高级军官的儿子！”

“谁……谁叫他非要挡在那儿，”罗尔夫结结巴巴地辩解，“他朝她走过去，我还以为他心软了，不敢开枪呢。”

托马斯脸色煞白。他四下张望了一番。“没人看见，这儿除了咱们没别人。”托马斯说，“快，把他的手枪拿过来。”

子弹射中麦克斯的头部时，手枪从他的手里掉了出来。罗尔夫一把抓起手枪，递给了托马斯。他已经领会了同伴的意思。“他是自杀的。”罗尔夫说。托马斯把麦克斯的手指搭在扳机上，然后弯折他的胳膊，让手枪指着脑袋。

那个女孩仍然跪在麦克斯身边。“你们杀了他！他死了！你们是杀人犯！”她凄厉地喊着，涕泗滂沱。

看守们没理睬她，自顾自地商量着。“他一向软弱，人人都知道。大家都在费舍尔先生背后笑话他呢。”托马斯说着站起来，把自己的杰作检查一番，“不错，看起来像真的一样。他们会相信咱们的。”

“真是个大傻子，”罗尔夫已经开始相信自己编造的谎言了，“竟然为一个肮脏的犹太人殉情。”

埃尔莎终于从麦克斯身上移开目光。她拂掉膝盖上的泥土，站起身来，直视着看守们，深陷的眼睛里满是怒火。她昂首挺胸，扬着下巴，脸颊上的泪水已然干涸。

“动手吧，”她低声说，“我已一无所有。把最后一样东西拿走吧，把我的命拿走。我受够了。”

她闭上了眼睛。她不愿屈服。她不愿让这些掏空了灵魂的东西，映入自己的灵魂。

结束了。

她倒下去了。照片飘落在地上。

曾经拥有这个世界的三个孩子，冲着天空微笑着。

利奥

今天发生了一件奇怪的事。我和安妮去远足，爬上了一座小山。天色渐暗时，我们爬到了山顶，站在那儿望着山下的小城。

这感觉很熟悉。我不知道这是为什么：我没爬过这座山，也没有俯瞰过这座小城。

后来我想起来了。我记忆中的小城，不是它，是维也纳。

回想起那一天我就忍不住微笑。我最好的朋友，埃尔莎和麦克斯。我仍然日夜惦记着他们。我真希望他们能见见安妮。

也许，有朝一日，他们还有机会见面。等这一切都过去，就好了。

我闭上眼睛，仿佛他们就在我的左右。那一天，世界属于我们。我们拥有无限可能。那些孩子气的梦啊。美好瑰丽的梦啊。

阳光洒在脸上，那样温暖，叫我不想睁开眼睛。

就在这时，不知怎么回事，我的胸口突然闪过一阵剧痛，痛得我浑身瘫软。

“利奥，你怎么了？”安妮蹲在我面前问。

我按着胸口，努力让心跳平静下来。我点点头，一边呼吸一边计数。数了十下。

剧痛消失了。我站起来，拉住了她的手。

“你没事吧？”她问。

“没事。我也不知道怎么回事，不过现在好了。可能只是有点儿烧心吧。”

“看。”她指着前面。天空中有两朵云，飘着飘着就相遇了，融合了。它们相接的地方，有一道小小的裂缝。光线透过裂缝，像一架白色的、缥缈的、通往太阳的梯子。

我搂着安妮，站在那里，望着这一幕出神。

胸口的剧痛没再出现，但隐隐的钝痛，一直埋在那里。

犹如一声悠长的哀鸣。

爸爸

他们派囚犯去收拾尸体，其中一人发现女孩旁边的地上有什么东西。他把手伸到灰尘中去捡。

“你在干什么？”他的狱友问道，“这可是要挨鞭子的。”

“没关系。”那个男人答道。

他用袖子擦了擦小纸片，站在那儿看着它出神。那是一张照片。

他知道那个过去。他认得这张照片。他记得那一天的笑声。他放任自己享用了一点点奢侈品：闭上眼睛，任由思绪驰骋。

三个快乐的孩子，跑着，笑着，指着一座城市，仿佛那是属于他们的。而拍摄照片的那个人，曾经热衷于激发他人的笑意，自己也总把笑容挂在脸上。那个人现在还在吗？在这褴褛的衣衫下，只剩下一具空荡荡的骨架了。那个人还存在于这副躯壳里吗？

“格伦伯格，快点儿啊！”狱友催促他，“咱们得赶紧干完活儿回去，不然警卫又要盘问找碴儿了。”

格伦伯格先生点点头。但他的目光一直停留在照片上。他的视线模糊了，喉咙哽住了，他的手指抚摸着照片中左侧那个男孩的脸。他亲爱的儿子。他还好吗？他逃出去了吗？他的妈妈、自己亲爱的妻子，她还活着吗？

停，停下，他绝不能再想。再想着这些问题，就活不下去了。

于是他把照片装进口袋。他又站了一会儿，默默地为面前的两具遗体做了祷告，然后擦去眼泪，按照命令，完成此刻该干的活儿。

他轻轻地抬起孩子们的身体。那双手的温柔，本身就似一种反抗。

1945年

利奥

快到十一月底的时候，人们往往就会觉得，这一年所剩无几，没什么可期待的了。

战争结束了。人们走上街头，一连庆祝了几个星期，而后生活便恢复了常态。在我们的生活里，总有一些缺憾，使这种常态越发显得沉闷了。

我早上醒来的时候外面就在下雨——这是几个星期以来的第一场雨。到了下午三点，天已经开始黑了。妈妈坐在火炉边，一边织毛衣，一边轻轻地哼着歌。我站起来，正想从篮子里拿根木柴，突然听见有人敲门。

“会是谁呢？”妈妈问，“安妮要来吗？”

我摇摇头：“我去看看是谁。”

妈妈放下了手里的毛线活儿。“我去吧。”她说。

她站起来去开门，我则继续忙着往火炉里添柴。木柴落进火里，我用拨火棍把它推到合适的位置，刚忙停当，就听见门口传来一声惊呼。

我扔下拨火棍就往外跑。只见大门半开着，妈妈站在门前，双手捂着脸，半俯着身子，像是马上就要晕倒了。

“妈妈，出什么事了？你怎么了？”我冲到她身边。

大门完全打开了，我简直不敢相信自己的眼睛。

门外站着的那个人，西装晃晃荡荡地挂在身子上，头上光秃秃的，只剩下几根头发，眼睛凹陷成两个洞，眼睛下面一片浓黑的淤青……我完全无法将形销骨立的他等同于我所熟悉的那个传奇——我的父亲。

“爸爸？”

我瞪大眼睛盯着他，完全动弹不得。这真的是他吗？这真的不是梦吗？

这时，他那青紫的、裂着口子的嘴唇弯了起来，露出了笑容：“不让我进去吗，儿子？”转瞬间，黑漆漆的雨天洒满了阳光。

“爸爸！爸爸！真的是你呀！”我张着胳膊就扑过去，搂住了他的脖子，“不可思议！我都不敢信！真的是你呀，爸爸！”

爸爸用他细细的手臂抱着我，抱得紧紧的。“是真的，”他说，“真的是我呀。”

妈妈也走了过来。我们一家三口拥抱在一起，好像抱多久都不够似的。爸爸把妈妈的脸亲了个遍，我们全都哭了。

妈妈握着他的手不松开。“来，快进来暖一暖，”她说，“挨着火炉坐。”

我跟着他们回到了客厅。我们几乎说不出话来。我真想他把一切都说给我们听。他回家了！他就在我面前。我们终于团聚了。爸爸回来了。

然而，暖融融的沉默很快就变得奇怪了。尴尬，僵硬，沉重。这沉默里有太多我们不敢问的问题，有太多我们不敢讲述的经历。

沉默越来越沉重，越来越庞大，塞满了整个屋子。

“爸爸，我想让你见一个人。”我说。其实，我是想找个借口离开片刻。

我必须接受这个现实：我失而复得的父亲，我备受折磨的父亲，他太虚弱了，似乎无法承受我想倾泻于他的爱。

妈妈明白我的意思。“去找她吧，”妈妈说，“这一刻她也应该在场。”

我有些尴尬地抱了一下爸爸，就去找安妮了。

等我带着安妮折回来时，气氛已经变了。我的爸爸妈妈手握着手，眼睛凝视着眼睛，那种方式是我记忆中的，是我熟悉的。

我们一进屋，爸爸就站起来，冲着安妮露出了他那独一无二、仿佛从来不曾改变的笑容。我不在的时候妈妈一定全都告诉他了。

“让我儿子变成快乐男子汉的人，就是你呀。”他说着张开了胳膊。安妮扑进了他的怀抱。

“我终于见到您了，格伦伯格先生，真不敢相信。”安妮说。

他拉开她，啧啧感叹。“你可不该叫我格伦伯格先生，”他佯装严苛地说道，“你早就是这个家的一员了。咱们还是别浪费工夫了，快，叫我一声爸爸吧！”

安妮一听就哭了。爸爸伸出另一只胳膊揽着我的肩膀，妈妈伸出另一只胳膊搂着安妮的腰，我们四个紧紧地依偎在一起，在温暖的火炉边聚成了爱的圆环。

一切真的都好了。我们真的团聚了。

吃完晚餐之后，爸爸向我靠过来。“我有东西要给你。”他说着，从口袋里掏出一张照片，递给了我。

不，不是一张照片，是那张照片。它皱皱巴巴的，已经褪色了，上面有污渍。但这些都挡不住那三张灿烂闪耀的笑脸。胜过千言万语的笑脸。

我接过照片，心里涌过无数疑问：爸爸是怎么得到这张照片的？在哪里找到的？为什么它不在它原本的主人那里？但爸爸脸上的神情是回避的。我知道他不想回答那些问题。现在还不想。

“你见过他们吗？”我换了一个问题。我屏住呼吸，等待他的答案。我想知道，但我也怕知道。

爸爸重重地叹了口气，点了点头：“见到了。”他停顿了好久好久，然后才心情沉重地说：“他们最终重逢了。”

这句话砸在我的心上，留下绵长的钝痛。不是意外，不是惊讶，是世界上最深最深的悲伤。为我再也见不到我最亲爱的两个好朋友而悲伤。为所有的孩子、所有的家庭、所有的生命而悲伤。悲伤太多了，重重地压下来，我像一只受伤的动物，想蜷起身子哀号。

妈妈握住了爸爸的手，安妮也伸出手，扶住了我的胳膊。我盯着那张照片，看了又看，直到泪水模糊了视线。我最亲爱的朋友们啊。详细的经过，以后再问爸爸吧。现在，问不出口。

“为他们念一段祈祷文吧。”妈妈轻声说。她站起身，取来蜡烛和火柴，放在桌上。“你来点吧。”她对我说。

我划着火柴，点亮蜡烛，把那张照片放在旁边。我们一起为我的朋友们念诵了哀悼文。

安妮回去了，爸爸妈妈也安寝了，我却没有去睡。我不忍心让蜡烛孤零零地燃烧。我想陪着他们，直到最后。

我看着那张照片，仿佛回到了那一天。相隔不到十年，却好似上辈子的事，沧海桑田，物是人非。那一天，无忧无虑的我不小心撞到了一个陌生人，正是那几秒钟，后来救了我一命。我最好的两个童年挚友，曾照亮了一切，曾给我无限生机。

而后，黑夜降临了。

我坐在那儿，凝视着烛光。它在我的目光里闪烁，跃动，终至熄灭。

2021年

利奥

今天有一位年轻的女士来拜访。她是一位教师。

她坐在客厅的沙发上，四下张望。我看见她的视线扫过了餐具柜上摆着的照片。终其一生，人也不过是这些回忆：妻子，孩子，孙辈……摆在最中间的，是年代最久远，也最珍贵的照片：三个孩子，拥有整个世界一般。两张一模一样的照片，并排镶在相框里，至于第三张，我一直不知道它的下落。

我沏了两杯茶，然后在角落里的扶手椅上坐下，把毯子盖在腿上。

“您找我有什么事？”我问她。

她告诉我，欧洲的法西斯主义正在死灰复燃。她说有些难民漂洋过海，只求一丝生机，却最终魂断途中。她想邀请我，为她的学生做一次演讲。

我问她，为什么选我呢？我已经是九十三岁的老人了，站都站不稳，更不用说对着一屋子人讲话了。

她说，因为我亲历了那一切。

我告诉她，她弄错了，我没有亲历。为数不多的人侥幸逃脱了，我正是其中一个。我活了下来，一生都背负着内疚，身为幸存者，“活”的重担依旧。

“可是您亲历过那个时代，”她坚持道，“一定有很多故事可以讲给我们听。”

我望着她年轻的、闪烁着理想主义的眼睛，恍惚间仿佛瞥见了埃尔莎的影子。她眼睛里的光芒点燃了我心底的某种东西。

“这样吧，”我说，“我们来做个交换。”

她笑了：“您请讲。”

“我可以把我的故事讲给你听。”我说，“但这个故事，是一根接力棒，现在传到了你的手上。”

“那我应该做什么呢？”她问。

我盯着她的眼睛看了很久。我要让她看清我，理解我。“你要仔细地听，”我说，“然后尽你的全力，不让同样的事再发生——针对任何人都不行。如果你目睹了不公的事情，你就要讲出来，并且鼓励其他人也讲出来。这就是我的条件。”

她伸出手，跟我握了握。“这条件很合理，”她笑了，“那咱们就这么说定了。”

“好，”我缩回椅子里，“我的故事发生在很久很久以前。那是 1936 年，在维也纳的摩天轮上……”

致谢

和我以往的其他作品相比，这本书得到了更多人的帮助、支持、指导和反馈。和我共同走过这段旅程的每一个人，都值得我最衷心的感谢。

首先，感谢本书的灵感源头：我的父亲哈利·凯斯勒。这个故事在我心里珍藏多年，如今终于得以坦陈，我很骄傲。能和你一起分享真是太好了。

感谢我的母亲梅尔·戈德斯顿。你一直是我的第一位读者，珍视我所有的作品，让我相信凭借写作也能成为超级巨星。

感谢卡洛琳·凯斯勒一直以手足深情支持着我。还记得我无比沮丧地从慕尼黑给你打电话时，你让我代入自己的情感来更好地理解角色。这个建议像你往常的其他意见一样恰到好处，正是我所需要的。

我幸运地拥有多位作家朋友，他们很清楚写小说时经历的“情感过山车”是什么，并一直在创作过程中相互支持。有三组特别的人马——农场员工、沙发女士、当地土著——你们非常特别，非常出色，拥有你们令我感激不尽。

在这些作家朋友中，有几位给予了本书特别的光芒。因巴里·伊西尔斯，在这段旅途中，你是不可或缺的一部分，在看不见的地方，你陪着我度过了至暗时刻。安娜·威尔逊，多谢你的友情和支持。你懂我，也懂我的书，无须过多解释，生命中有你真是太好了。

克莱尔·皮普金，感谢你愿意坐在我家客厅的沙发上，听我讲述整个故事。那是我第一次勇敢地和盘托出，而你让我相信，落笔可能成功。

希拉·帕斯科，你的话总能说进我的心坎里。我还记得我在布拉格给你打电话，站在街上哭着问你，该如何把奥斯威辛从心底清除。感谢你那时的耐心聆听。

在此还要特别感谢我的外甥女弗兰基·斯塔布。弗兰基，你对我太重要了。有无数次，我最想倾诉的对象就是你。你的见解、想法和情感支持是一份珍贵的礼物。我无法想象，要是没有你，这本书的写作过程会变成什么样。

感谢我最亲爱的朋友，凯瑞和克里斯蒂娜。我身在欧洲采风时，你们总是及时出现在电话、视频通话、短信息的另一端。你们睿智的思想、充满爱意的友情、无条件的支持支撑着我走过五个国家、四座集中营、数千英里，以及洒泪的全程。谢谢你们为我做的一切。

采风旅行的一大亮点是维也纳——不论是小说中还是现实里，那里都是故事的开始。感谢格哈德·施特拉斯为我安排了深入而独特的行程。你的陪伴令人愉快，“第三人博物馆”真是太不可思议了。

我要特别感谢拉比·罗宾·阿什沃斯-斯蒂恩的引导和支持。虽然我们从未谋面，但这并不妨碍你给予我无私的倾听、交流、建议和支持。多谢你的慷慨和智慧。

感谢专家们的参与、指点，如果没有他们，我的稿子将满是漏洞。所以我要特别感谢杰米·阿什沃斯博士、亚利耶·伊西尔斯教授、甘尼特·伊西尔斯、安妮·科恩，以及我的哥哥彼得·凯斯勒。非常感谢这些专家读者帮助我完善细节，让小说在某一层面尽可能地接近现实。如果字里行间尚有微小舛误，那都是我个人的责任。

此外还要感谢安娜·劳埃德。与你的一系列交流让我更加清楚地认识到我对年轻读者的责任，让我得以以更广泛的相关文本构建这部作品。

有一个人见证了我的整个写作生涯，二十年的陪伴让我心怀感激。凯瑟琳·克拉克，你所有的作者、你所有的同事，包括整个出版行业，都知道你有多特别。有你在我身边真是我的幸运。和以往一样，在作品从无到有的过程中，你就像一份礼物。你的支持从不动摇，对我充满信任，你隐藏在后方，将作者推向舞台中央——如此出色的你竟然是我的经纪人，这不是像中了大奖一样吗？

这部小说是我的一次全新冒险，直到写完之前我都没想过出版事宜。感谢西蒙·舒斯特出版公司杰出的诸位：简·格里芬斯、雷切尔·丹伍德、丽泽·艾布拉姆斯、洛瑞·里宾斯、劳拉·霍夫、莎拉·麦克米伦、伊芙·维索基·莫里斯。感谢你们以热情、远见和承诺接纳了我和我的作品。对于一本书来说，没有比这更完美的归宿了。

我的妻子劳拉一直陪伴着我。如果没有她，这本书是不可能问世的，我也无法完成那么艰苦的采风调研之旅。劳拉，你多年来守护着这本书，并且一如既往地在幕后给予支持，为它的诞生提供了不可思议的基石。你是我的头号粉丝、啦啦队队长，你是我生命的另一半。感谢你为我做的每一件事，你的爱让一切成为可能。

在这部作品的创作过程中，还有许多隐于幕后的功臣，尽管此处没有提及你们的名字，但请相信我的诚挚谢意。在这趟漫长的旅程中，每个人、每个细节都是不可缺少的。希望这部作品的最终呈现没有辜负它一路走来所获得的所有支持。